Copyright © 2016 One Good Story, LLC
Written by Virginia Hildebrandt

All rights reserved.
No part of this book may be reproduced or transmitted in any form or by any means, electronic or mechanical, including photocopying or recording in any form, nor may it be digitally held by any system of information storage or retrieval system without explicit permission in writing from the author.

ISBN: 978-0-9967742-2-2

One Good Story, LLC

www.1goodstory.net

A NOTE TO THE READER

Los Sueños de Xóchitl is ideal for novice-mid readers or early-intermediate level Spanish students. It is written and designed to develop literacy utilizing countless cognates and fundamental vocabulary structures. The reader is also supported with a full glossary and extensive footnotes. Brief interactions in English gives language learners a lift and keeps the reader engaged.

This book is the sequel to Las Lágrimas de Xóchitl. It continues the story, brings conclusion to unsolved mysteries, and culminates with adventure in the mystical mountains of rural Guatemala.

Although Los Sueños de Xóchitl can be enjoyed on its own, some find it helpful to read Las Lágrimas de Xóchitl first, to fully appreciate the cultural perspectives of the people and places portrayed in the book. Both books offer insight into the background, values and lifestyle of some indigenous people.

ABOUT THE AUTHOR

Virginia Hildebrandt was born in Dallas, Texas but now lives in Minnesota with her husband, two Arabian horses, two Australian Shepherds and a few chickens. An animal lover, she enjoys agility training with her dogs and distance riding on horseback. But her other ambition is exploring archaeological and historical sites. Research for this novel took her to the ruins of Ek B'alam where she learned from local Maya about their jaguar.

Virginia comes from a family of teachers and authors. Her grandmother was a columnist for a rural newspaper in the 1940's and '50's, and also worked as teacher and administrator in local schools. Her mother has written countless pieces of children's fiction and continues to write personal histories in her retirement from a long teaching career.

Since 1992 Virginia has been writing and sharing her most outrageous tales of adventure and calamity with her students. She has taught all levels of Spanish, post-secondary and Hispanic Heritage Spanish courses and now enjoys creating readers for the classroom. The people and places that she has come to know while traveling, working and living in Latin America are the backdrop for her novels.

El chupacabras es una curiosa y legendaria criatura. Se describe como un ser que ataca cabras, vacas y gallinas en zonas rurales. El mito tiene su origen en Puerto Rico, pero el animal horrible también ha aparecido en Guatemala, México, El Salvador, Panamá, Honduras, Nicaragua, partes de Sudamérica y en algunas zonas del sur de Estados Unidos.

Se dice que es una criatura pequeña, que mide menos de 3 pies de altura. Tiene garras grandes y patas largas como las de un canguro. También tiene una cabeza ovalada con ojos rojos que brillan y una boca canina con colmillos largos. Hay algunas fotos supuestamente reales del chupacabras, pero es dificil distinguir entre lo real y lo imaginario.

Capítulo Uno: El curandero

Capítulo Dos: La llegada

Capítulo Tres: La vida americana

Capítulo Cuatro: Bienvenidos al colegio

Capítulo Cinco: El YouTube

Capítulo Seis: El sueño

Capítulo Siete: La despedida

Capítulo Ocho: El discurso

Capítulo Nueve: La búsqueda

Capítulo Diez: B'alam

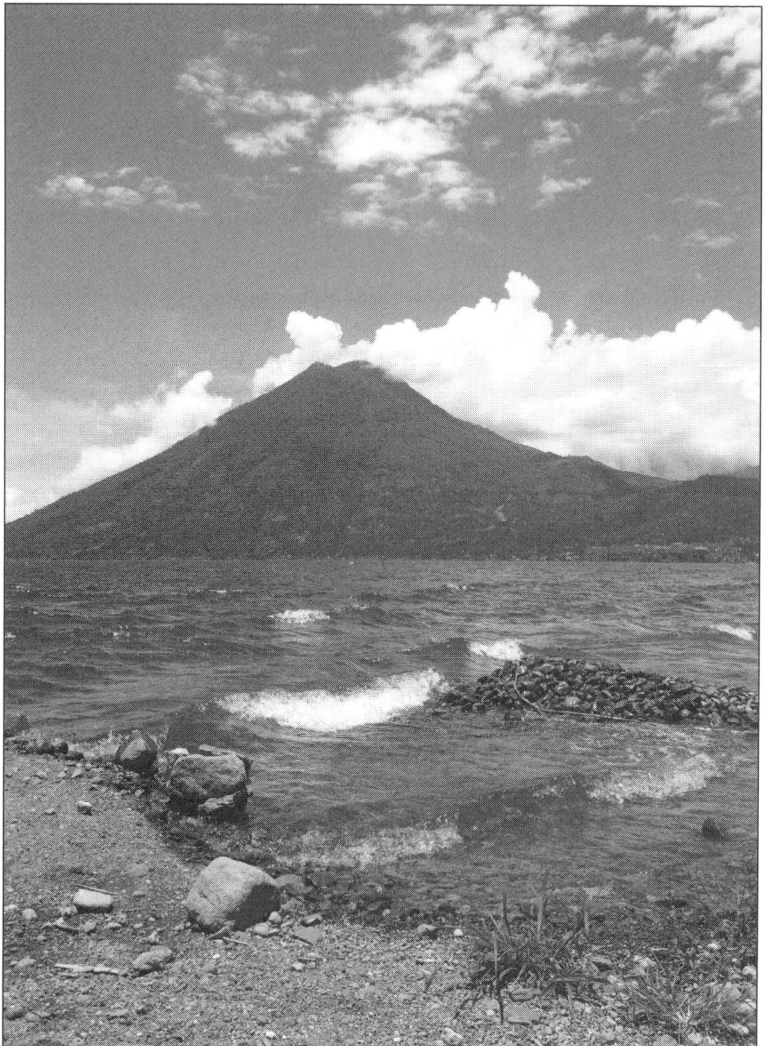

Capítulo Uno

Nuestro pueblo es una de las comunidades en la región del Lago de Atitlán en Guatemala. Como todos los pueblos por acá, somos gente indígena. Somos nativos de la tierra de Guatemala. Nuestros ancestros eran los mayas. Tenemos una vida básica y tradicional. No tenemos muchas cosas modernas como teléfonos celulares y la mayoría de las casas no tienen agua o luz.

Trabajamos en el campo de cultivo donde cultivamos la comida. Casi toda la comida que comemos viene de la tierra. Cultivamos el maíz, los frijoles, y otras verduras. Llevamos la comida a casa o la vendemos en el mercado. Es una vida muy tranquila, pero no es una vida fácil.

Muchos de los hombres de San Felipe son agricultores. Pero yo no cultivo la tierra, yo soy curandero. Un curandero es una persona que sabe curar enfermedades con plantas medicinales. La población indígena vive donde no hay hospitales, doctores, ni farmacias.

Nuestra gente depende de los remedios de un curandero. Los curanderos usan la información de los ancestros mayas para ayudar al pueblo. Cada generación tiene que aprender los remedios de los curanderos ancianos porque no hay clases o libros con los formularios.

Generalmente, los curanderos tienen un padre, abuelo, u otro ancestro que era curandero. Yo aprendí curanderismo de mi abuelo. Cuando era joven, yo lo acompañaba cuando caminaba por el bosque para buscar plantas. Me enseñó cómo encontrar las plantas especiales y cómo preparar los remedios medicinales. Toda la información que usamos viene de nuestros ancestros mayas y ser curandero es un papel[1] muy importante en el pueblo.

Mi esposa y yo tenemos cinco hijos. Mexit es un niño de seis años, Teotl tiene ocho años y Atzin, el hijo mayor, tiene 18 años. Las hijas se llaman Izel y Xóchitl. Izel es la hija más pequeña con tres años.

Vivimos en una casa con dos cuartos y el suelo es de tierra. Es una casa rústica. Aunque no hay electricidad, el bosque nos da leña para hacer fuego. El fuego nos da luz y calor cuando lo necesitamos. Tampoco hay servicios de agua en la casa, pero el Lago de Atitlán nos da toda el agua

---

[1] un papel = an important role

que necesitamos. Es mucho trabajo llevar leña y agua a la casa, pero los hijos ayudan a la familia.

Mi hija, Xóchitl va a cumplir quince años y ayuda mucho en casa. Ella cuida a los hermanos menores, prepara la comida y lava los platos, y también toma clases.

Unos pueblos tienen escuelas pequeñas, pero otros no. San Felipe tiene una escuela, pero solamente los niños de las familias que pueden comprar los materiales escolares pueden tomar clases. Algunos chicos tienen que ayudar en casa o trabajar con sus padres cultivando la tierra durante el día. Para muchos jóvenes, una educación no es una opción.

Estoy feliz que yo puedo darles a mis hijos el dinero para comprar el papel y los lápices necesarios para recibir una educación. Xóchitl es muy inteligente y quiere aprender inglés. Su maestro favorito es el señor Brown, un americano que viene a San Felipe. Él vive en la Ciudad de Guatemala pero hace el viaje a nuestro pueblo dos o tres veces a la semana. Su trabajo es voluntario y es muy importante para los estudiantes de la región.

A Xóchitl le interesa tanto el inglés que tomó la oportunidad de viajar a los Estados Unidos. Ella va a vivir con una familia americana y tomar clases en un colegio grande. Es su sueño[2] aprender a hablar inglés.

---

2 sueño = dream

Capítulo Dos

El avión va a llegar a las cuatro y media de la tarde a Minneapolis. Por la ventanilla del avión Xóchitl ve edificios y calles. Xóchitl no comprende por qué la tierra es blanca. Katie le dice que es nieve, y que en enero hace mucho frío en Minnesota. Katie le explica que los meses de diciembre, enero y febrero son los meses del invierno.

–Voy a ver la nieve por la primera vez. Nunca nieva en San Felipe. A veces llueve y hace viento, pero nunca hay nieve en la tierra del pueblo. –le responde Xóchitl con mucha anticipación.

–Estoy emocionada también. –exclamó Katie, –¡Qué suerte que tu maestro de inglés trabaja en el aeropuerto y te compró el boleto de avión! ¿Verdad?

–No puedo creer que voy a vivir en los Estados Unidos.

Cuando Katie y Xóchitl llegaron al aeropuerto de Minneapolis, los padres de la familia Anderson las esperaban. El padre de Katie le dio la mano a Xóchitl y le dijo:

–Hola, soy el padre de Katie, me llamo Mark.

–Mucho gusto –le respondió Xóchitl.

Xóchitl está contenta porque el padre habla un poco de español. La madre de Katie le extendió la mano también, pero Xóchitl le dio un abrazo y besos en las mejillas[1]. En Guatemala es la costumbre abrazarse y besarse en las mejillas. La madre se sorprendió al recibir el abrazo y los besos en la mejilla. Le dijo:

–Ahhh… gracias, Xóchitl. Mi casa es tu casa.

Xóchitl rió un poco porque estaban en el aeropuerto y no es la costumbre decir "mi casa es tu casa" cuando no están en la casa. Pero Xóchitl comprende que la madre solamente quería decirle algo cariñoso[2].

---

1   mejillas = cheeks
2   algo cariñoso = something kind, warm

–Mi mamá se llama Karen. Ella es veterinaria... doctora de animales –explicó Katie.

–Encantada. Me llamo Xóchitl. Estoy muy feliz estar aquí en los Estados Unidos. Es una oportunidad buenísima para mí. Todo aquí es muy diferente.

Mientras caminaban al carro, la madre le preguntó a Xóchitl si tiene una chaqueta o un abrigo. Ella le respondió que sí, que tiene un suéter.

–Pero hace mucho frío aquí, Xóchitl. Un suéter no es suficiente. Aquí nieva. Hoy la temperatura está bajo cero. –dijo el padre de Katie.

Cuando llegaron a la casa, Xóchitl se fascinó ver una casa tan grande. En los ojos de Xóchitl, no era una casa...era un castillo. La casa no es similar a su casa en Guatemala.

Al entrar en la casa, Katie y sus padres se quitaron los zapatos inmediatamente. Xóchitl se confundió, pero rápidamente se quitó los zapatos también. Es una costumbre muy rara, piensa Xóchitl. Los Anderson entraron en la casa en sus calcetines, pero Xóchitl estaba descalza[3]. No es la costumbre llevar calcetines en Guatemala. El suelo estaba frío bajo sus pies.

La mamá de Katie le dijo:

–Xóchitl, would you like a tour of the house?

«¿Un tour?» pensó Xóchitl «!La casa es tan grande que hay un tour!»

---

3   descalza = barefoot

Durante el "tour" Xóchitl caminaba por la casa con la familia, mientras la madre le explicaba cada cuarto:

–And this is your bedroom. You can put your clothes in this closet and if you need more hangers, just let me know.

Xóchitl se confundió y pensó: «¿Cómo puedo llenar este espacio grande con ropa?»

–Come on, there is more to see. –le dijo Mark.

–¡Vamos! –exclamó la madre de Katie con una sonrisa.

«¿Hay más? Esta casa tiene más cuartos que puedo contar.»

Cuando entraron en la cocina, Xóchitl se sorprendió mucho. Había un refrigerador grande con dos puertas, una estufa nueva y un microondas moderno. Xóchitl pensó que podría ser la cocina de un restaurante.

«¡Es inmensa! ¡Gigante! Hay tantas luces y todo es brillante.»

En la mesa estaba un chico de ocho o nueve años. Él jugaba con un iPad. El chico escuchaba el iPad por audífonos o "earbuds". El muchacho no dejó de jugar[4] con el iPad. No tenía ninguna idea de que la familia entró en la cocina. Xóchitl quería conocer al chico. Cuando tocó al muchacho en el hombro[5] para presentarse, lo sobresaltó[6] y casi lanzó[7] el iPad en el aire. Todos se rieron.

–¡Lo siento! Me llamo Xóchitl. –exclamó y su cara se puso roja.

–¿Huh? I don't speak Spanish. You Xóchitl. Me Brian.

Xóchitl rió y le dijo que ella habla inglés un poco. También, le enseñó una foto y le dijo en inglés que tiene unos hermanos en Guatemala de la misma edad que él.

---

4 no dejó de jugar = did not stop playing
5 el hombre = the shoulder
6 sobresaltó = startled, jumped
7 lanzó = threw

–Yo tengo tres hermanos y una hermanita. Mi hermano mayor se llama Atzin. Mis hermanos menores son Teotl y Mexit. Teotl tiene ocho años. ¿Cuántos años tienes tú? –le preguntó Xóchitl.

–Huh? –dijo el chico.

–Brian también tiene ocho años. –le respondió su padre en español.

–*Ja, ja ja* –rió Xóchitl y le dijo muy despacio: –Brian, tú eres otro hermano. Katie y tú son mis hermanos americanos.

Capítulo Tres

El próximo día Xóchitl se levantó temprano para ir a la escuela con Katie. Se puso la única ropa que tenía, el huipil[1] de su pueblo y el corte, o falda tradicional. Caminó a la cocina donde había mucha conmoción. Xóchitl miró desde la puerta por unos minutos. Cada miembro de la familia Anderson hablaba y se movía por la cocina frenéticamente, preparándose para el día. Todos comían pero nadie se sentaba en la mesa.

El padre, Mark, tomaba café mientras hablaba del tráfico:

–I'm going to take 394 this morning. It looks like it's all backed up before the bridge. How was it yesterday, Karen? –le dijo, su boca llena de pan tostado.

---
1 The huipil and corte make up the traje (traditional dress) of Mayan women. Huipil (pronounced wee-peel) is a hand-woven blouse worn by indigenous women in Guatemala. It is worn with a corte, or long skirt. The weave or design of each Huipil holds great cultural significance and meaning as each village maintains its own unique style and pattern dating back to the ancient Mayan civilizations.

–Come on in, Xóchitl. Do you want something to eat? –le preguntó Katie.

Cuando Xóchitl entró en la cocina, Brian exclamó:

–She's wearing THAT to school?–

–Brian! –le gritó su madre– Of course, she looks lovely.

–Yeah, Brian, you are such a jerk. But maybe I could loan her some different clothes. –dijo Katie.

Afortunadamente, Xóchitl no entendía bien la conversación en inglés. Katie le habló despacio a Xóchitl:

–Xóchitl, would you like to wear jeans to school today? It is winter. I think you will be cold in your Guatemalan huipil and skirt. I can give you socks too.

Inmediatamente Xóchitl entendió todo. Quería llorar. Aquí nadie lleva ropa tradicional. Aquí lleva ropa americana. Xóchitl fue con Katie a su cuarto.

–Come here. Lets look in my closet. You can wear whatever you want. –le dijo Katie.

Para Xóchitl fue increíble ver la multitud de ropa que tenía Katie. Imaginó que entró en una de las revistas americanas que miraba en San Felipe. Vio docenas de camisetas de Abercrombie, Gap, y Nike. Jeans largos y cortos, unos nuevos y otros que parecían[2] muy viejos. Chaquetas, suéteres, vestidos, y blusas lindas. Todos de última moda. Xóchitl se quedó en silencio por unos minutos, mirando la inmensa colección de ropa y zapatos cuando Katie dijo:

—Ok, can't decide? What about this? We don't have much time.

Katie agarró una camisa azul y unos jeans y se los dio a Xóchitl.

—I'll be in the kitchen. Come show me how they fit.

Katie salió del cuarto. Xóchitl miró la ropa y vio la palabra PINK en la camiseta azul. Un poco confundida, se puso la ropa y regresó a la cocina.

---

[2] parecían = seemed, looked

–That looks great! –le exclamó Katie cuando Xóchitl entró– Oh, and here are some socks. Its pretty cold outside. Come on, we've got to catch the bus.

Cuando salieron de la casa, el aire frío fue una experiencia nueva para Xóchitl. Caminar por la nieve fue difícil y no quería caerse[3]. Cuando Katie vio el bus amarillo, las chicas tenían que correr.

---

3   caerse = to fall

●●●●
Capítulo Cuatro

Las muchachas tomaron el bus al colegio. Roselawn High School es completamente diferente a la escuela rural en San Felipe. La escuela en Minnesota tiene un edificio enorme con muchos aulas, un gimnasio, una biblioteca, y muchos estudiantes y maestros. Todos hablan inglés.

Katie caminó con Xóchitl a la primera clase del día. En la puerta del aula Katie le dijo:

–Ok. See ya later.

Inmediatamente, Xóchitl se puso nerviosa. Entró en la clase y se sentó en un pupitre. Todos los jóvenes se hablaban en inglés. Todos hablaban muy rápidos. Cada pupitre tenía un libro gigante, un libro de texto de historia. Ella quería llorar. «¡Es un libro enorme en inglés! No puedo estar aquí... es completamente imposible.» pensaba Xóchitl cuando una persona le tocó en el hombro.

El muchacho que se sentaba en un pupitre muy cerca de ella le dijo:

–No te preocupes. Vas a aprender muy rápido.

Xóchitl se puso feliz al escuchar unas palabras en español. Ella miró al muchacho y vio que era un chico hispano.

–¿De dónde eres? –Xóchitl le preguntó.

–Soy de Ecuador. Tengo nueve meses aquí. Soy estudiante de intercambio. Vivo con una familia americana. Me llamo Javier.

–Mucho gusto. Soy Xóchitl. Soy de Guatemala. También vivo con una familia americana. Quiero aprender inglés pero es difícil. Esta clase va a ser imposible.

–No es horrible. Yo te puedo ayudar con la clase. La cosa difícil es que unos americanos no aceptan a los latinos.

Después de las clases de la mañana, Javier caminó con Xóchitl a la cafetería. Se sentaron en una mesa con otros hispanohablantes. Había muchos alumnos en la cafetería, pero los únicos latinos eran Javier y tres otros. Las chicas se llamaban Celia y Marcela, y había un muchacho que se llamaba, Luis.

–¿De dónde eres, Xóchitl? –le preguntó Celia.

–Soy de San Felipe,... Guatemala. ¿Y ustedes?

–Nosotras somos mexicanas. Yo soy de Monterrey, una ciudad en el norte de México, Marcela es de México, D.F. y Luis es hondureño.

Xóchitl tenía la oportunidad de hablar en español con los otros latinos en la cafetería. Hablaron de la escuela y de las clases, pero Xóchitl no se sentía bien.

Todo era muy diferente de la vida en San Felipe. «La luz es artificial y el aire no viene de afuera.» Se sentía como las gallinas atrapadas en la jaula[1]. «Por lo menos las gallinas pueden respirar el aire fresco.» pensó Xóchitl. Quería escaparse.

Xóchitl no comió nada porque no estaba acostumbrada a la comida americana. Quería comer tortillas con frijoles. Quería llorar. Quería regresar a Guatemala.

1 la jaula = the cage

Celia le dijo que tenía la misma clase de matemáticas que Xóchitl. Entonces, las chicas salieron de la cafetería en dirección a la clase de matemáticas juntas. Celia y Xóchitl caminaban por el pasillo cuando Celia vio algo que agarró su atención. Ella vio un póster que anunciaba Hispanic Heritage Month. Celia lo examinó por un momento y exclamó:

–¿En serio? ¡Es un insulto! Los americanos siempre piensan que nuestra cultura es nada más que tacos, sombreros y bigotes enormes.

Las chicas rieron, pero de verdad no se sentían bien. Cuando Celia y Xóchitl llegaron a la puerta del aula, un muchacho les comentó a sus amigos:

–Geez, they can't even speak English. Why are they here?

El sonido del timbre lo interrumpió y el grupo de amigos pasó por la puerta de la clase riendo. Xóchitl entendió exactamente lo que dijo el muchacho, y se puso nerviosa.

–Celia, no quiero entrar. Todos hablan muy rápido y... es obvio que no estamos bien aceptadas aquí. –le dijo Xóchitl tristemente.

–No te preocupes, Xóchitl. La maestra Worden es muy simpática y es una maestra de matemáticas muy buena.

Las muchachas entraron en el aula en silencio. Xóchitl se sentó en un pupitre entre Celia y una chica rubia. Xóchitl abrió su mochila, sacó un lápiz y unas hojas de papel y se preparó para la lección. Cuando la clase comenzó, Xóchitl sonrió y se puso feliz porque la maestra hablaba despacio.

Todos los estudiantes prestaban mucha atención a la maestra, cuando la chica rubia le pidió un lápiz a Xóchitl. Xóchitl sonrió a la chica pero no le entendió. Xóchitl se sorprendió que la chica había hablado[2] durante la clase. La rubia lo repitió, otra vez y otra vez muy rápido en inglés, pero Xóchitl no entendió.

Finalmente la chica le gritó muy fuerte:

–CAN I BORROW A PENCIL!

Toda la clase miró a Xochitl. Xóchitl miró a la rubia. La profesora se enojó porque interrumpió la clase. La chica se rió y gritó:

–This girl keeps asking me for a pencil. I guess they don't have those in Mexico. She is causing problems, not me!

---

2 había hablado = had spoken

La clase rió y pobre Xóchitl comenzó a llorar. Quería correr. Quería correr a Guatemala, a su pueblo, a su casa pequeña. Pero no corrió. Xóchitl se enojó tanto que se levantó y le gritó a la rubia:

–¡No soy mexicana! ¡Yo siempre llego a clase bien preparada! Tú no tienes lápiz. ¡Yo tengo un lápiz y no soy mexicana! Soy guatemalteca. Me llamo Xóchitl.

En horror, Xóchitl se sentó en el pupitre otra vez. Toda la clase la miraba. Del silencio llegó una voz familiar. La voz de una amiga nueva. Celia se levantó y explicó a la clase en inglés lo que Xóchitl había dicho[3]... porque en su frustración, Xóchitl le había gritado[4] en español. Celia les dijo:

–I am Mexican. Xóchitl is from Guatemala. She is not Mexican. She is a new student and her name is Xóchitl.

–Ha ha ha! ¿So-chee-teetel? ¿So-tweetle? What a ridiculous name! –gritó la rubia.

---
3   había dicho = had said
4   había gritado = had yelled

–You can laugh but our parents speak Spanish and give us traditional names... names that are part of our Hispanic culture.

–What is your name? –le preguntó Celia.

La rubia respondió inmediatamente:

–Tierra. It's an all-american name. ¡T-i-e-r-r-r-a! I'm American and I have a beautiful American name. My name is Tier-r-r-r-a. See? I can even roll my r's like the Mexicans.

Xóchitl se levantó otra vez y la clase se quedó en silencio. Xóchitl dijo en una voz muy clara:

–Tierra? Seriously? Your name is Tierra? That means dirt!

La cara de la chica rubia se puso roja y todos en la clase se rieron mucho.

La maestra Worden gritó:

–¡Tierra! ¡Go to the office!

La rubia se levantó y salió del aula.

–I'm sorry, Xóchitl. We are happy to have you here... and we are not all racist bullies.

La clase rió y aplaudió.

Capítulo Cinco

Poco a poco Xóchitl se acostumbró a la vida americana y logró[1] su sueño de hablar inglés. Ahora, después de unos meses de vivir en Minnesota con los Anderson, ella puede hablar y leer inglés muy bien. Sus maestros dicen que es una alumna muy buena. Ahora la clase con el libro más grande es su clase favorita, la clase de historia.

Un día hablaba con su profesora de inglés después de la clase. La maestra le preguntó a Xóchitl acerca de sus planes para el futuro. Xóchitl le explicó que un maestro voluntario llegaba unos días cada semana para dar clases en San Felipe. Le dijo que ella quería trabajar como maestra de inglés en Guatemala, algún día. Le explicó que es posible dar clases en un pueblo pequeño, pero que su sueño es trabajar como maestra bilingüe[2] en un colegio grande en la capital.

1 logró = acheived, reached
2 bilingüe = bilingual

En casa, a Xóchitl le gusta ayudar a Katie con su tarea de la clase de español. Para Katie la clase es muy difícil. Katie le explica a Xóchitl que en los Estados Unidos es necesario estudiar un idioma extranjero[3] para entrar en la universidad. Después de graduarse del colegio, Katie quiere tomar clases en la universidad. A Xóchitl le gusta ayudar con la tarea en español y Katie siempre le dice que es una maestra buena.

Un día las muchachas estaban sentadas en la mesa de la cocina estudiando cuando Brian entró corriendo.

–Xóchitl! You've got to see this!

Brian exclamó que vio algo increíble en su iPad. Les dijo que es un video nuevo de YouTube de Guatemala.

Brian le preguntó:

–Xóchitl, have you heard of the chupacabras? What is it? Is it real? I guess someone shot one in the mountains somewhere in Guatemala. It must

---
3   un idioma extranjero = a foreign language

be real. That guy is going to get a reward. You've got to see this. Its going viral!

Xóchitl se sorprendió mucho y se puso curiosa. Cuando Brian le enseñó[4] el video, Xóchitl no podía creerlo. Ella gritó:

−¡Es San Felipe Balam! ¡Es mi pueblo!

El video de YouTube empezó con fotos del Lago de Atitlán con sus volcanes y montañas impresionantes. Luego, presentó a un científico que

---

4   le enseñó = showed her

habló de su trabajo con la Fundación Científica de Veterinarios. Él dijo que está en la región rural de Guatemala para investigar al animal misterioso... "el chupacabras".

El científico miraba las montañas en la distancia y explicó:

—En este momento nadie sabe exactamente la especie del animal, pero sabemos que es peligroso.

El científico miró la cámara otra vez y anunció con una voz optimista:

—Gracias a la ayuda de un héroe local, nuestra fundación tiene la oportunidad de examinar el animal. Atzin, usted sabe algo sobre el peligro de este animal, ¿verdad?

De repente la cámara llegó a la cara de una persona muy familiar. Cuando vio a su hermano en el video, Xóchitl se quedó en silencio. No podía creerlo[5].

Atzin le respondió al científico:

---
5 creerlo = to believe it

Capítulo Seis

La tierra bajo sus pies descalzos[1] es suave y familiar. Xóchitl camina por el sendero de la montaña buscando leña cuando ve una roca blanca. A ella le interesa porque esta roca es especial. Es de un color diferente de las otras rocas. Cuidadosamente, saca la roca de la vegetación para examinarla. Cuando limpia la tierra de la roca con sus manos, puede ver que la roca tiene forma de la cabeza de un animal.

Xóchitl mira la roca y piensa: «¿Es un gato? No. Tiene ojos como un gato, pero es obvio que es la forma de un jaguar.» Examinando los dibujos[2] en la roca, ella

1 descalzos = barefoot
2 dibujos = drawings

—Eres el héroe que capturó el monstruo. Ahora la gente de San Felipe puede vivir feliz sin preocuparse.

—Pero, señor, creo que hay más de estos horribles animales... el animal capturado no puede ser el único. —respondió Atzin, mirando la cámara.

El científico le dio un cheque, el dinero de recompensa, pero Atzin no sonrió. Era obvio que Atzin no se sentía bien. Estaba muy preocupado por el maestro Brown, y por la seguridad de la gente del pueblo.

Xóchitl no podía hablar. Caminó a su cuarto. No quería pensar en la situación, en su familia en San Felipe, en los eventos horribles y en la condición del maestro Shawn Brown. Se acostó[8] y se durmió[9].

---

8   Se acostó = she went to bed
9   se durmió = she fell asleep

En este momento Xóchitl no pudo contenerse, cerró los ojos y lloró con agonía:

–¡Ay, no! ¿El señor Brown? ¡Es horrible!

Cuando Xóchitl abrió los ojos de nuevo, el científico hablaba de la condición del profesor americano. Él dijo:

–Sí, es una tragedia. El señor Brown era un maestro muy dedicado a la comunidad. Trabajaba como voluntario aquí. Él venía dos o tres veces a la semana para dar clases aquí. Pero hoy el profesor está en un hospital en la Ciudad de Guatemala. Los médicos nos dicen que su condición es muy grave pero sin las acciones heroicas de Atzin, no habría sobrevivido[7] el ataque violento.

El científico explicó que la Fundación Científica de Veterinarios quería examinar el animal para resolver el misterio. El hombre sonrió, felicitó a Atzin otra vez y le dijo:

---

7 no habria sobrevivido = would not survived

–Sí, señor. Casi me muero. El animal misterioso me atacó y me enfermó. Un vecino me llevó a casa donde pasé casi un mes en la cama. Cada día después del ataque, pensaba en el animal horrible y sabía que era importante capturarlo.

–Así que, sin pensar en el peligro, usted regresó a la montaña para encontrar el animal, ¿verdad?

–Sí, señor. Para la seguridad del pueblo tenía que encontrarlo.

Xóchitl no podía hablar. Se quedó tan sorprendida que solamente podía ver y escuchar. El video continuó. El científico lo felicitó por la captura del animal y dijo que Atzin era un héroe local.

–Hay otras personas del pueblo que han sido[6] atacadas por el chupacabras, ¿verdad? –le preguntó el científico.

–Sí. El maestro de inglés fue atacado ayer cuando caminaba desde el muelle hacia la escuela del pueblo. Es un evento muy triste para nuestro pueblo.

---
6   han sido = have been

ve que hay círculos que representan las manchas[3] y dos ovalados[4] grandes que representan los ojos. Mirando los ojos dibujados en la roca, Xóchitl recuerda que está sola en la montaña. Hoy no tiene miedo. Está feliz porque el jaguar simboliza su pueblo, B'alam.

Desde las casas del pueblo llega el olor de tortillas y los sonidos alegres[5] de niños jugando afuera. Piensa en su mamá. Imagina las tardes en el pueblo cuando las mujeres lavan huipiles, cuando los hombres llegan de los campos de cultivo. Imagina las noches cuando las familias se sientan en la mesa, hablan del día y comen frijoles y tortillas dentro de sus casas pequeñas.

Xóchitl puede ver la forma distinta de los volcanes. Es una vista familiar. A Xóchitl le encanta ver los colores vibrantes de la tierra en contraste al azul transparente del cielo. Xóchitl camina por el sendero hacia abajo[6] para visitar el lago. Quiere tocar el agua con sus pies y admirar la escena desde el muelle[7] pequeño de San Felipe Balam. Piensa en las mañanas cuando Atzin acompaña al maestro

---

3   manchas = spots
4   ovalados = ovals
5   los sonidos alegres = the happy sounds
6   el sendero hacia abajo = the path going downward
7   el muelle = the dock, pier

de inglés desde el muelle hasta la escuela. Imagina a sus hermanos Mexit y Teotl llegando a la orilla[8] del lago para llenar la jarra[9] grande con agua para traer a la casa.

Ella camina a lo largo[10] del muelle y se sienta. Nota el movimiento del agua bajo sus pies donde unos peces[11] anaranjados nadan en círculos. La familia de peces nada, feliz y libre en su agua nativa. El baile de los peces en el agua bajo sus pies descalzos absorbe su atención hasta que la luz del día sale y la noche llega.

Xóchitl ve la luna llena que ilumina el lago. Mira las estrellas brillantes que forman las constelaciones distintas en el cielo oscuro[12]. Xóchitl piensa en las constelaciones y la información que sus ancestros tomaron del cielo. Mirando hacia arriba para ver las estrellas, piensa en Atzin.

---

8 la orilla = the shore
9 la jarra = the jar
10 a lo largo = length of/ along
11 peces = fish/fishes
12 oscuro = dark

Piensa en la noche cuando llegó a casa con la ayuda del vecino, después del ataque. Piensa también en el dibujo del animal feo y horrible. Por un instante, Xóchitl ve la imagen del chupacabras entre las estrellas. Xóchitl tiene miedo y quiere correr desde el muelle hacia el pueblo y su familia.

Xóchitl se levanta y vuelve a salir[13] al muelle cuando ve un jaguar. Acostado[14] en la orilla del lago, el jaguar la mira pacientemente. En este momento Xóchitl ve que ella está atrapada[15], que no puede escaparse del muelle. Ella piensa que el jaguar quiere comerla. Xóchitl se queda en silencio por un momento. Se sorprende mucho cuando, en vez de atacarla[16], el jaguar le habló. Le habla calmadamente con una voz suave.

---

13   vuelve a salir = turns to leave
14   acostado = lying down
15   atrapada = trapped
16   en vez de atacarla = instead of attacking her

El jaguar quiere decirle un secreto muy importante. Le explica que hace muchos años, en los tiempos mayas, los jaguares eran grandes y poderosos[17] y cuidaban al pueblo.

Xóchitl se queda en silencio, escuchando.

El animal continúa con tranquilidad:

—En los tiempos mayas, los jaguares eran protectores de la gente, animales del espíritu bueno y todavía son. La gente maya cuidaba bien el agua y la tierra y comprendía la importancia de las plantas y los animales de la montaña.

---

17 poderosos = powerful

Los maya dibujaron imágenes en las rocas para preservar información importante para las generaciones del futuro. También, crearon[18] arte en formas de los animales sagrados[19] para honrarnos[20]. Nosotros, los jaguares, éramos considerados animales sagrados. Los maya nos construyeron un templo y lo decoraron con nuestras figuras... había muchas estatuas[21] nobles y hermosas. B'alam era el templo del jaguar. Nuestro templo.

El animal dejó de hablar[22]. Xóchitl piensa que tal vez el jaguar se durmió o se fue. Pero unos minutos después, el animal continúa en una voz suave:

–En los tiempos mayas éramos queridos[23], animales de espíritu bueno, invitados como miembros del pueblo. Éramos considerados como el animal más importante de la montaña. Pues, los tiempos cambian. Ahora los humanos ya no nos respetan. Tienen miedo cuando nos ven[24] en el campo de cultivo. No comprenden que somos los protectores de la gente que cultiva la tierra. Hoy el templo

---

18 crearon = they created
19 sagrados = sacred
20   para honrarnos = to honor us
21 estatuas = statues
22 dejó de hablar = quits talking
23 queridos = we were beloved
24 nos ven = they see us

B'alam ya no es hermoso. Descuidado[25] por muchos años, nuestro templo está cubierto por vegetación del bosque. Con el templo en mala condición, el espíritu del jaguar está en mala condición. Así no podemos proteger[26] a la gente como antes.

El jaguar ya no habla con tranquilidad. Xóchitl puede sentir la frustración en su voz:

−San Felipe está en peligro. Recientemente los chupacabras tomaron control del templo. Son animales violentos. Invadieron el templo, rompieron[27] todas las estatuas en forma del jaguar. Somos animales valientes[28] pero el buen espíritu del jaguar está sufriendo y el mal espíritu del chupacabras está controlando el templo… y la montaña.

El jaguar se levanta, camina hacia el muelle y se le acerca despacio a ella[29]. Con la luz de la luna, Xóchitl puede ver que el jaguar es muy viejo. Ella ya no tiene miedo del animal grande, sino[30] tiene mucha compasión por él.

---

25 Descuidado = uncared for, neglected
26 proteger = to protect
27 rompieron = they broke
28 valientes = brave
29 se le acerca despacio = aproaches her slowly
30 sino = but instead

Desde la entrada al muelle el jaguar le dijo:

–Xóchitl, los chupacabras están extendiendo su poder. Tu pueblo está en peligro. Ni[31] los científicos, ni los políticos ni ningún humano puede vencer[32] a los chupacabras. Es imposible. Los jaguares son los únicos que pueden vencerlos. La solución es fácil, Xóchitl, pero los jaguares no

---
31   Ni = neither, nor
32   vencer = defeat

pueden proteger al pueblo si la gente no los respeta. Hoy en día las personas respetan las palabras de los expertos humanos en vez de honrar las palabras antiguas de los ancestros maya.

Xóchitl ya no puede mantener su silencio. Le pregunta:
–¿Qué puedo hacer yo? Soy nada más que una chica…
–Eres inteligente y valiente, Xóchitl.
El jaguar continúa:
–Cuando tú regresas a San Felipe, la gente va a tener interés en tu viaje. Todo el pueblo te va a preguntar sobre los Estados Unidos. Cuando hablas de tus experiencias puedes tomar la oportunidad para hablar sobre la historia indígena del pueblo. A través de[33] las generaciones se han perdido[34] muchas de las ideas fundamentales de sus ancestros. Tú aprendiste mucho sobre la historia de los maya. A veces las historias más importantes no vienen de tierras distantes, sino que están dentro de nuestra tierra y nuestros sueños.

---

33   A través de = throughout
34   se han perdido = have been lost

Bajo la luna llena, Xóchitl escucha el jaguar sin miedo. Quiere absorber y recordar las palabras importantes. El animal continúa con más urgencia:

—El equilibrio[35] de la montaña es delicado, y la vida humana está en peligro si el pueblo no mantiene los valores sagrados[36] de los ancestros mayas.

Xóchitl comprende la importancia de la información. Escuchaba con mucha atención, pero ahora hay silencio. Sola en el muelle, ya no puede ver el jaguar, pero escucha el animal tomando agua del lago.

Xóchitl se despertó al ver el gato de Katie en su cuarto. El gato tomaba agua del vaso que tenía en la mesa de noche. Xóchitl pensó en el sueño, pensó en su familia, en su pueblo, y en el peligro que todos se enfrentan.[37]

---

35 equilibrio = balance
36 valores sagrados = sacred values
37 se enfrentan = they face

Capítulo Siete

Era domingo y la familia Anderson se preparaba para ir a la iglesia. El sol de la primavera brillaba por las ventanas de la cocina y la mamá les servía panqueques y huevos a Brian y a Katie. En la mesa había jugo de naranja y pan tostado con mantequilla,... una abundancia de comida y todo muy lindo. Pero Xóchitl quería estar en su casa pequeña en San Felipe Balam.

–Today they are going to talk about the next bottle school trip to Guatemala. Can I go this time? –preguntó Brian.

–We have to wait and see what happens with the situation there. It sounds like the trip may be cancelled. –respondió Karen.

–Stupid chupacabras! I should go there and kick its bu...

–Brian! –le interrumpió su madre– they are very dangerous animals that carry a deadly disease.

–What? There's more than one? I thought it got caught and the scientist guy was going to figure it all out.

–The animal is in the lab and those attacked lately are not doing well. It is serious, Brian. There has been a lot of information in the Veterinary Journal of Medicine lately. Doctors are working on a cure for the illness in humans, but the animals are becoming more and more dangerous.

Xóchitl escuchó en silencio. Karen le dijo:

–Xóchitl, I'm sorry. There has been news that your English teacher's condition has worsened. I think you should know that he may not live. At least that is what the doctors and scientists are saying right now.

La cocina se quedó en silencio por unos minutos. Karen regresó a la mesa con un plato de frutas. El aroma de la sandía, mango y papaya era increíble. Por primera vez en unos meses[1] tenía la oportunidad de comer las frutas familiares. Con mucha emoción Xóchitl dijo a la familia:

---
1 unos meses = a few months

—I need to go home to my village.

—Yes. We understand. It is an important time to be with your family. We have loved having you here and will miss you.

Xóchitl lloró y abrazó a cada miembro de la familia. Ella quería expresar la gratitud que tenía para la familia Anderson.

«Ellos me dieron una experiencia increíble. Antes de salir para Guatemala, voy a hacer una celebración guatemalteca. Esta noche yo voy a servirles una cena típica de mi país.» pensó Xóchitl.

Ella pasó el resto del día preparando las comidas típicas: tortillas, frijoles, arroz y, Kaq'ik, una sopa de verduras con carne y chiles. En la noche toda la familia Anderson se sentó en la mesa

y Xóchitl les sirvió la cena típica. Comieron felices y se acostaron temprano porque tenían que ir al aeropuerto a las cinco de la mañana.

En el aeropuerto era difícil para Xóchitl dejar[2] a la familia Anderson. Todos lloraban y abrazaron a Xóchitl. El señor Anderson le dijo:

---

2   dejar = leave behind

–Siempre tienes una familia en Minnesota. Yo voy a continuar a aprender el español en anticipación de tu próxima visita, Xóchitl.

Xóchitl le dio besos en las mejillas a Brian y le invitó a Guatemala:

–¿Cuándo vienes a San Felipe, Brian? Tú puedes jugar fútbol con mis hermanos, Méxit y Teotl.

Muy pronto el agente de seguridad la señaló[3]. Xóchitl tuvo que entrar sola y pasar por el control de seguridad. Les gritó:

–¡Adiós! ¡Que les vaya bien!

Caminando por el aeropuerto, Xóchitl pensaba en las experiencias que vivía en Minnesota y las diferencias entre la vida americana y la vida indígena en Guatemala. Aprendió mucho en Minnesota e hizo[4] muchos amigos pero subió al avión con mucha anticipación de regresar a su pueblo. Se sentó y se durmió.

---

3   la señaló = waved her through
4   e hizo = and she made

Todos los vecinos llegan para a saludar a Xóchitl y escuchar las historias de su visita a los Estados Unidos. Pero Xóchitl continúa caminando por el sendero que va hacia el lago. Algo importante está llamando su atención con urgencia y en este momento no tiene tiempo de hablar.

Xóchitl ve a un hombre. Es un curandero. El hombre tiene una mochila llena de plantas medicinales, pero busca algo especial. Él no tiene tiempo de hablar porque la búsqueda[5] es urgente. Solamente comenta que muchos más van a morir sin el remedio. El hombre se desaparece en el bosque.

Luego una voz familiar habla. Es la voz del jaguar:

–Vamos, Xóchitl. No está muy lejos[6], vas a ver.

Xóchitl se despertó cuando escuchó los anuncios del piloto. Abrió sus ojos y miró por la ventanilla del avión. Vio la tierra abajo... verde, montañosa, y familiar. Se puso feliz al llegar a Guatemala pero nunca iba a olvidar[7] del tiempo que pasó en Minnesota. La vida americana es muy diferente a la vida en su pueblo. Quería cambiarse

---

5   la búsqueda = the search
6   lejos = far
7   iba a olvidar = was going to forget

la ropa. Llevaba ropa americana, unos jeans y una camiseta azul con la palabra "PINK". Nunca iba a comprender eso.

Agarró su mochila, se levantó y fue al baño del avión. En el baño pequeño se quitó[8] la ropa americana y sacó otra ropa de su mochila. Fue un sueño llevar ropa americana como llevan los muchachos famosos de las revistas[9], pero ahora quería ponerse la ropa familiar. Se puso un huipil y corte para llegar a su país.

---

8   se quitó = took off
9   las revistas = magazines

Capítulo Ocho

Xóchitl se siente contenta de estar en San Felipe otra vez, con su familia y los vecinos, pero todos se preocupan por los ataques de los animales horribles. Al ver las caras de las personas es obvio que el pueblo piensa en el peligro que enfrenta. Detrás de[1] las sonrisas, Xóchitl puede ver el miedo en los ojos de la gente.

San Felipe va a tener un evento muy importante. En unos días representantes del departamento de salud van a venir al pueblo para darles información sobre la investigación al animal misterioso. Dicen que todas las familias de las comunidades de la región vienen a escuchar el discurso[2]. San Felipe nunca se había preparado para un evento tan grande.

---

1 detrás de = behind
2 el discurso = speech

Para recibir tanta gente, las mujeres cocinan sopas y guisados en ollas enormes[3]. Las muchachas les ayudan también, preparando arroz, frijoles y tortillas para todas las personas que van a llegar.

Preparan mucha comida porque las familias que vienen de los otros pueblos van a pasar todo el día en San Felipe. Es importante tener comida

---

3   guisados en ollas enormes = stews in big pots

suficiente para dar un almuerzo fuerte y también una cena por la noche.

Mientras las mujeres preparan la comida, los hombres del pueblo tienen que preparar "un auditorio". Primero hacen un techo[4] enorme, construido por bolsas grandes[5]. No es fácil crear un techo enorme que el viento no pueda quitar[6]. Los jóvenes traen[7] sillas de las casas y las arreglan en la sombra[8] del techo inventado, como un "auditorio al aire libre".

Al mediodía las personas de las otras comunidades empezaron a llegar al "auditorio". Personas de todos los pueblos del lago venían a escuchar el discurso de los expertos. "El auditorio de San Felipe" se llenó rapidamente y muy pronto había llegado tanta[9] gente como el mercado en Sololá.

---

4   techo = roof
5   bolsas grandes = big bags
6   pueda quitar = cannot remove
7   traen = bring
8   las arreglan en la sombra = arrage them in the shade
9   habia llegado tanta = had arrived as many

Todos se preocupaban y conversaban de los ataques. Era una oportunidad especial comunicarse con los vecinos. Se contaron historias de sus encuentros con el animal, descripciones y detalles de los ataques. Hablaron de los síntomas de la enfermedad y maneras de protegerse del animal. Muchos que habían visto el animal tenían tanto miedo que no quisieron hablar[10] de su experiencia.

Una señora dijo que su hijo de doce años fue atacado hace una semana. El muchacho se escapó y salió del ataque sin muchas heridas[11]. Pero, aunque[12] el ataque no fue muy violento, el chico se enfermó rápido. El muchacho ya tiene seis días recuperándose en cama con fiebre. La mujer dijo que su hijo describió el animal como un monstruo con ojos rojos que brillaban.

---

10 no quisieron hablar = refused to talk
11 heridas = wounds
12 aunque = even though

Los representantes del gobierno y los científicos llegaron a San Felipe y toda la gente esperaba con anticipación. Cuando el señor empezó a hablar, todos escuchaban con mucho interés.

–Muy buenas tardes, damas y caballeros. Estoy aquí hoy con un equipo de científicos para advertirles[13] a todos sobre los peligros del animal misterioso. –les dijo el señor del departamento de salud.

---
13 advertirles = warn all of you

Luego, un científico explicó que el equipo de expertos está investigando la situación pero todavía necesitan más información. Dijo que el cuerpo[14] del animal capturado está en el laboratorio.

–El joven que capturó el animal es una persona muy valiente.¿Dónde está nuestro héroe? ¡Levántate Atzin!

La cara de Atzin se puso roja y se levantó despacio. Toda la gente se levantó también y aplaudieron. Aplaudieron y lo felicitaron. Atzin sonrió pero no le gustó toda la atención.

–¡Felicitaciones, Atzin!

–¡Gracias, Atzin, muchas gracias!

Muchos vecinos y hombres de otras comunidades se acercaron[15] a Atzin para felicitarlo y darle la mano[16].

–!Tus acciones fueron heróicas! ¡Eres muy valiente! –exclamó otra persona.

---

14 el cuerpo = the body
15 se acercaron = approached
16 felicitartlo y darle la mano = congratulate him and shake his hand

–Sí, –continuó el señor– gracias a Atzin, los científicos tienen la oportunidad de estudiar el origen biológico del animal. Ésto es muy importante porque los ataques son más frecuentes que en el pasado.

Un señor viejo de San Felipe se levantó y les dijo:

–Siempre existían estos animales misteriosos, pero vivían en las partes remotas de la montaña. En el pasado casi nunca se veían. Cuando yo era joven nunca atacaban a los humanos. Encontrábamos cabras muertas a veces pero la gente no tenía que preocuparse por un ataque.

–Usted tiene razón[17], señor. –respondió un científico– En los años recientes han sido[18] más ataques y los ataques son más violentos que antes. El año pasado nuestro departamento recibió quince informes de ataques humanos de estos animales. Pero este año ya había veintidós ataques y catorce de esos resultaron en muertes humanas por enfermedad.

17　tiene razón = are right
18　años recientes han sido = recent years there have been

La gente se quedó en silencio. Todos se preocupaban. Un señor se levantó y les preguntó a los científicos:

–Pero, ¿Qué vamos a hacer? Tenemos que trabajar en el campo de cultivo. Tenemos que cuidar los animales domésticos... no es posible quedarnos dentro de las casas. Nos morimos de hambre[19] si no cultivamos el maíz en la parte superior de la montaña.

Una mujer levantó la mano y preguntó:

–¿Por qué hay más ataques que antes?

–Hay evidencia que indica que los animales están reproduciéndose rápidamente, ampliando[20] el problema.

Otra persona le preguntó:

–¿Cuál es el nombre científico del animal?

–Nuestro equipo de científicos está investigando la estructura biológica del animal, pero en este momento no tenemos una conclusión sobre la especie. La cosa más importante es determinar

---
19 nos morimos de hambre = we will die of hunger
20 ampliando = increasing

la causa de la enfermedad que transmite a los humanos.

De repente otra señora levantó la mano y le preguntó si hay una medicina que puede curar la enfermedad. El científico le respondió:

—Siento decir[21] que todavía no hay ninguna cura para la enfermedad. La condición del maestro americano es muy grave y todas las personas

---

21 Siento decir = I'm sorry to say

de San Felipe deben tomar[22] las precauciones necesarias para protegerse de un ataque.

En ese momento el padre de Xóchitl se levantó despacio. La audiencia dejó de hablar. Todos miraban al curandero con admiración. El hombre de voz suave habló con calma determinación:

–Con todo respecto, señores, sí hay una cura para la enfermedad. Ustedes pueden ver que mi hijo, Atzin, está vivo. Él se enfermó después del ataque, pero con el remedio natural, él se curó. Como curandero es mi responsabilidad ayudar a la gente de esta región. Yo he curado[23] a muchas personas con la fiebre... pero tristemente ya no puedo ayudar.

–*Ja ja ja* –el científico le interrumpió –¿Qué te pasó? ¿Se te acabó la magia[24]?

Con mucha paciencia el curandero continuó:

–Ustedes de la ciudad... no comprenden nuestras formas de medicina natural. Piensan que la única forma de curarse es por maneras

---

22 debn tomar = should take
23 Yo he curado = I have cured
24 Se te acabó la magia = did your magic run out

científicas[25] con medicinas farmacéuticas. Pero aquí, nosotros tenemos muchos años de usar las plantas y las semillas[26] medicinales y las raíces de árboles especiales para hacer remedios que nos curan.

–Entonces, ¿Por qué nos pide medicina?

–Porque ya no podemos encontrar la planta específica que necesitamos para preparar el remedio. Buscamos por toda la montaña, pero ya no hay más. Tal vez ustedes saben dónde es posible encontrar la planta. Es necesario tener las semillas... –le explicó el padre de Xóchitl.

–*Ja ja ja* –rió el científico.

–Señor, por favor, tal vez ustedes pueden ayudar. La planta se llama la yerba guerrera, tiene una flor blanca y morada, es una planta delicada...

El científico interrumpió y le respondió rápido:

–Tenemos trabajo muy importante en el laboratorio. No tenemos tiempo para buscar flores. Buena suerte.

---

[25] por maneras científicas = through scientific means
[26] las semillas = the seeds

Inmediatamente después del discurso los científicos bajaron del escenario[27] para darle la mano a las autoridades locales. Muy rápido el grupo de científicos agarró sus papeles y se preparó para regresar a la capital. Los reporteros, fotógrafos y camarógrafos empacaron las cámaras y micrófonos.

Cuando los agentes del departamento de salud y el equipo de científicos salieron, toda la gente se levantó y tomó la oportunidad de comunicarse con sus vecinos de los otros pueblos. Todas las familias comieron y hablaron el resto del día bajo el techo del auditorio. Hablaron de los ataques y de la fiebre del chupacabras. Conversaron de sus experiencias y las maneras de protegerse del animal horrible. El evento se convirtió en una oportunidad de comunicarse con otra gente de la región y pensar en una solución al problema.

---

27 del escenario = from the stage

Capítulo Nueve

Cuando llegó a casa, la familia se sentó en la mesa y habló de los eventos del día. El padre de Xóchitl parecía[1] muy cansado y tenía una cara muy triste. Él dijo:

–Sin el remedio yo no tengo la capacidad[2] de ayudar a nuestra gente.

Por cinco generaciones nuestra familia ha ayudado al pueblo pero ya no puedo hacer nada. Sin la flor o las semillas de la yerba guerrera es imposible hacer el remedio.

–¿Dónde encontraste las plantas que me curaron? –le preguntó Atzin.

---
1 parecía = seemed
2 la capacidad = the capacity, ability

—Esas flores encontré cerca del sendero que va hacia el muelle, pero ya no hay más. Paso cada día buscando la yerba guerrera sin encontrarla, y cada día hay más ataques y más enfermedad.

—Es tarde. Mañana es otro día. Ahora nos acostamos. —les dijo la madre.

Sus padres y los hermanos menores se acostaron pero Xóchitl y Atzin se quedaron en la cocina. Sus padres se durmieron muy rápido, pero Mexit escuchaba la conversación entre sus hermanos mayores desde la cama.

Atzin quería saber más de las experiencias de Xóchitl. Ella le describió la casa de Katie, que es enorme y bonita. También le contó[3] del colegio moderno con gimnasios y una biblioteca grande.

Pero en vez de hablar de su viaje a los Estados Unidos, Xóchitl quería decirle algo más importante.

---

3 le contó = told him about

–Atzin, yo tuve un sueño. Pienso que es un sueño importante. Soñaba con un jaguar. –Xóchitl le explicó los detalles[4] del sueño a Atzin.

–El jaguar me explicó mucho de nuestros ancestros, los maya. Me dijo que había un templo antiguo aquí en San Felipe... un templo sagrado, el templo de los jaguares.

Inmediatamente Atzin se puso interesado y le dijo:

–Sí, es verdad. Hay ruinas cerca de aquí, Xóchitl. Yo sé exactamente donde están. Siempre las veo cuando busco fruta en el verano. En aquel lado[5] de la montaña hay unos árboles grandes. Allí se encuentran muchas de las frutas que vendemos en el mercado de Sololá como los

---

4 los detalles = the details
5 en aquel lado = on that side

mangos, los limones, y las papayas. Yo te llevo mañana a las ruinas.

—Pero hay más, Atzin. Si la gente del pueblo no honra al jaguar como animal sagrado, no pueden vencer los chupacabras. La gente tiene que aprender la importancia de darles la dignidad. ¡Es la solución al problema con el chupacabras.

—Pues, primero tenemos que encontrar el templo, ¿verdad? Vamos muy temprano por la mañana.

A las cinco de la mañana, Xóchitl y Atzin salieron de la casa sin despertar[6] a la familia. Fueron por el pueblo rapidamente en la dirección a las ruinas. Cuando los hermanos mayores salieron de la casa, Mexit se levantó de la cama en silencio. Con mucho cuidado, se puso la ropa y se preparó muy rápido. Agarró el machete de su padre y salió de la casa sin despertar al resto de la familia.

---

6 sin despertar = without waking

Fuera de la casa, Mexit se escondió[7] por unos minutos mirando a sus hermanos. Empezó a seguirlos[8] con suficiente distancia para que no lo vieran[9]. Caminando por el sendero Xóchitl y Atzin hablaban de los mayas. No tenían ninguna idea de que Mexit los seguía.

Xóchitl le explicó a Atzin que los antiguos mayas usaban la matemática en sus vidas diarias. En vez de contar de diez en diez, la matemática maya cuenta de veinte en veinte.

–En el sistema antiguo, un frijol o una semilla representa el número uno, un palito[10] es el número cinco y una concha[11] es el cero.

–Sí, exactamente. Papá me dijo que hay gente del pueblo que todavía sabe usar el sistema antiguo para hacer cálculos. Cuando llegamos a las ruinas

---

7   se escondió = hid himself
8   empezó a seguirlos = began to follow them
9   para que no lo vieran = so that they would not see him
10 un palito = a twig, little stick
11 una concha = a shell

vamos a ver dibujos de los números mayas en las rocas… y muchos dibujos de los lindos jaguares.

«Entonces, tal vez todavía hay gente que sabe del poder del jaguar…» pensaba Xóchitl cuando, de repente, vio algo familiar en el sendero.

–¡Allí está la roca blanca que vi en mi sueño! –gritó Xóchitl.

–Es increíble… –le dijo Atzin, examinando los dibujos que formaron la imagen de la cabeza del jaguar.

–¡Sí! ¿Verdad? Es exactamente la roca que yo vi en el sueño!

–*Ja ja ja* –rió Atzin– ¿Cuando va a llegar el jaguar?

Pero en este momento no querían pensar en estar cara a cara con ningún animal grande.

–Las ruinas están por aquí. Ven. –dijo Atzin con entusiasmo.

Los hermanos dejaron el sendero y entraron al bosque, caminando cuidadosamente por la vegetación. Era difícil caminar porque la vegetación cubría el suelo[12] del bosque y no era posible ver donde pisaban[13]. Xóchitl pensaba en los peligros de estar en la montaña cuando, de repente, Atzin desapareció.

–¡ATZIN, ATZIN! ¿Adónde fuiste? –Xóchitl gritó con horror– ¡ATZIN! ¿ADÓNDE FUISTE?

En un instante Xóchitl se encontró sola.

–¡Socorro! ¡Socorro! Atzin, ¿Dónde estás? –gritó Xóchitl frenéticamente.

Al escuchar los gritos de su hermana, Mexit empezó a correr por el sendero en la dirección de sus hermanos. Cuando Mexit llegó corriendo, Xóchitl se sorprendió mucho. ¡Qué confusión! En un segundo Atzin se desapareció sin dejar rastro[14], y Mexit llegó sin explicación.

---
12   cubria el suelo = covered the ground
13   pisaban = they were stepping
14   sin dejar rastro = without a trace

–¿Qué haces aquí, Mexit? ¡Tú no tienes permiso de salir de la casa solo! ¡No puedes estar aquí en la montaña, es muy peligroso!

–¡Ustedes no tenían el permiso tampoco! Y tú estás aquí sola en la montaña, sin permiso! Aquí estamos... y... yo no me perdí[15]. ¡Tú perdiste a Atzin!

Completamente confundido, Xóchitl y Mexit se quedaron en silencio por un momento cuando oyeron un sonido extraño[16]. El sonido venía desde debajo[17] de la tierra, venía de un lugar profundo[18] dentro de la tierra debajo de sus pies. El sonido hacía un eco.

–¡ATZIN, ATZIN! –gritó Xóchitl.

–¡Socorro! ¡Me caí![19] No sé dónde estoy. Hay agua, está profundo, oscuro y huele feo.

---
15 yo no me perdí = I didn't get lost
16 oyeron un sonido extraño = they heard a strange sound
17 venía desde debajo = was coming from under
18 profundo = deep
19 me caí = I fell

Xóchitl siguió al sonido y al olor hasta llegar a una cosa rara. Parecía un pozo[20]. Con pánico Xóchitl gritó y Atzin le respondió, su voz llena con terror:

–Es un pozo profundo. ¡No puedo salir de aquí!

Ahora los gritos de Atzin venían con aún más pánico:

–¡Ayayay! ¡Socorro!

---

20   un pozo = a well

Xóchitl no tenía otra opción que quedarse allí escuchando en horror, era obvio que Atzin estaba vomitando.

–El olor es tan feo, porque aquí en el agua... flotando en el agua hay unos cuerpos de chupacabras muertos. *ayyy* ¡Es feísimo! ¡Ayúdame a escapar! –le pidió Atzin.

–¿Qué puedo hacer? –lloró Xóchitl– No hay ninguna manera de sacarte del pozo solos[21]. Necesitamos ayuda.

–¡Vamos, Xóchitl! El campo de cultivo no está lejos de aquí. Muchos de los hombres del pueblo trabajan allí. ¡Vamos! –exclamó Mexit.

–¡No te preocupes, Atzin! Regresamos muy pronto con más gente. Te vamos a ayudar.

Mexit y Xóchitl se fueron corriendo lo más rápido posible hacia arriba por el sendero. Para Mexit fue difícil correr porque llevaba el machete de su padre. El machete era tan largo que tocaba

---

21 ninguna manera de sacarte del pozo solos = no way to get you out of the well by ourselves

la tierra cuando el niño corría. No podía correr tan rápido como Xóchitl, y Mexit comenzó a atrasarse[22].

–¡Xóchitl, más despacio! No puedo...

Pero, Xóchitl tenía pánico. No podía dejar de pensar[23] en su pobre hermano atrapado en el pozo... con los cuerpos feos flotando en el agua. Xóchitl corría rápido para buscar ayuda, pensando en las imágenes de los cadáveres de los chupacabras en el pozo con Atzin.

–¡Espérame! No puedo correr tan rá.... –le gritó Mexit.

El sonido de un animal salvaje lo interrumpió.

–*¡Ayayayay!* ¡Socorro! –lloró Mexit.

En horror, Xóchitl se dio la vuelta[24] y vio un chupacabras. En el sendero, en el espacio entre[25] Xóchitl y su hermanito apareció un animal horrible. Congelado[26] de terror, el niño no se

---

22 comenzó a atrasarse = began to fall behind
23 no podía dejar de pensar = could not quit thinking
24 se dió la vuelta = turned around
25 en el espacio entre = space between them on the path
26 congelado = frozen

movía. Xóchitl miró al animal feo acercándose[27] a su hermanito, un niño de seis años, y ella no podía hacer nada para salvarlo.

Mexit lloraba de terror mientras el chupacabras se acercaba despacio. Los dos se quedaron inmóviles, como dos estatuas en el bosque, esperando el ataque. Xóchitl quería gritar pero ningún sonido salió de su boca. De repente el rugido[28] del jaguar rompió el silencio, y un felino enorme salió del bosque.

---
27 acercándose = approaching
28 el rugido = the roar

Cuando el jaguar hermoso apareció, Mexit se encontró atrapado entre los dos animales en el sendero.

–¡Socorro! –gritó su hermanito con desesperación.

–No te preocupes, Mexit. El jaguar va a ayudarte. –le dijo Xóchitl.

En ese momento el chupacapras se lanzó a atacar al niño, pero el jaguar agarró al animal con sus fuertes garras[29]. El jaguar lo levantó al animal horrible de la tierra y lo lanzó hacia las copas de los árboles[30]. El chupacabras se fue volando[31]. No había más que sus gritos desde la distancia.

Los hermanos se abrazaron y lloraban con emoción. El jaguar se acostó en el sendero y los miró calmadamente. Mexit no comprendió lo que pasó.

–¿Por qué no tienes miedo del jaguar, Xóchitl? ¡Él puede comernos!

---

29 garras = claws
30 lo echó hacia las copas de los árboles = threw him to the treetops
31 se fue volando = he went flying

–No hay tiempo para explicar. –exclamó Xóchitl con urgencia– ¡Vamos! Necesitamos la ayuda de los hombres que trabajan en el campo de cultivo.

–Pero, Xóchitl... tengo miedo. ¿Hay más chupacabras?

–No te preocupes. El jaguar nos protege.

Xóchitl y Mexit se fueron por el sendero hacia el campo de cultivo y el jaguar los seguía por detrás[32]. Cuando llegaron al campo de cultivo, había mucha gente del pueblo. Todos vieron el jaguar.

–¡Socorro! ¡Necesitamos ayuda! –gritó Xóchitl mientras corría hacia los vecinos.

Inmediatamente todos entraron en pánico. Los hombres agarraron sus machetes y rifles y se prepararon para matar al jaguar.

–¡Ay! ¡NO! –gritaron Mexit y Xóchitl –El jaguar es nuestro amigo, nuestro guardia... ¡Por favor, NO!

---

32 los seguía por detrás = followed behind them

La gente en el campo de cultivo no podía creer lo que veía[33]. Había un jaguar caminando calmadamente junto con[34] los dos jóvenes, como un perro querido. Los jóvenes no tenían miedo del felino enorme.

–¡Socorro! ¡Vengan, por favor! ¡Atzin está atrapado en un pozo! ¡No puede escaparse! ¡Su vida está en peligro! ¡Ayúdenos, por favor!

Todos los vecinos dejaron de trabajar y corrieron con Xóchitl y Mexit hacia[35] el pozo en el bosque. Uno de los hombres les preguntó:

–¿Por qué estaban ustedes en el bosque? ¿Dónde está su padre? ¿Por qué Mexit tiene el machete de su padre? Es muy grande para un niño.

–Aaaa... pues, porque buscamos flores.

–*Ja ja ja...* ¿Buscaban flores? –respondió el hombre.

–¡Allí está! ¡Yo veo a Atzin! –gritó otro vecino– ¡Viene en el sendero! –les dijo otro vecino.

---
33 no podía creer lo que veía = could not believe what they saw
34 junto con = together with
35 hacia = toward

Todos vieron a Atzin que caminaba hacia arriba por el sendero. Él llevaba una jarra grande y una sonrisa enorme.

−¿Qué te pasó, Atzin?− gritó Xóchitl, corriendo hacia su hermano.

−Me caí... hay un pozo en el bosque,... ¡Es una entrada al templo! Encontré el templo de los jaguares, es increíble. Nadie va a creerlo.

−¿Verdad? ¿Qué va a decir tu padre, Atzin? −le preguntó un vecino.

−Cuando mi padre ve la jarra que tengo, va a gritar con alegría. ¡Aquí tengo el remedio para la fiebre del chupacabras!

−Veo una jarra de semillas. −le respondió el señor.

−Sí, exactamente. Son las semillas de la planta que mi padre necesita para hacer el remedio... las semillas de las flores de guerrero.

–Pues, Atzin. Tú eres un héroe. Pero, Xóchitl, ¿Qué va a decir tu madre cuando tu "gato" llega a la casa?

–*Ja ja ja* –rió Atzin– un jaguar, como mascota. ¡Ridículo!

–Sí, es verdad, Atzin. Tus hermanos llegaron al campo de cultivo con un jaguar. Lo puedes ver. El jaguar camina con nosotros por el sendero.

Todo el grupo se dio la vuelta para ver el felino grande, pero no había nada.

–*Ja ja ja* –rió Atzin– todos tenemos cosas que nadie va a creer.

Capítulo Diez

En camino[1] al pueblo, todos tenían muchas preguntas.

–¿Cómo saliste del pozo, Atzin?– le preguntó Xóchitl.

–El pozo es una entrada al templo. Yo vi un rayo de luz que dio lugar[2] al interior del templo. ¡Es absolutamente increíble! Creo que el pozo está conectado al cenote[3] que corre debajo del templo. Los mayas creían que el jaguar dominaba el mundo subterráneo. Construyeron un templo magnífico para honrar el jaguar. Fue obvio cuando vi las estatuas y estructuras en formas del jaguar.

–¿Dónde encontraste la jarra de semillas? Y... ¿Cómo sabes que son las semillas que su padre necesita? –le preguntó un señor.

1 en camino = on the way
2 un rayo de luz que dió lugar = a ray of light that gave way to
3 cenote = a deep natural well, or water filled cavern. Some cenotes connect with other caves creating underground passage ways. Cenotes are prevalent in the Yucatan and parts of Central America where they played an important role in Mayan spirituality.

–Ahhh, porque allí, dentro del interior del templo hay un altar con dibujos de la flor, de los chupacabras y de personas enfermas. También, hay dibujos de los curanderos mayas preparando los remedios con estas semillas y las personas afectadas que eran curadas[4]. –explicó Atzin.

Xóchitl continuó la explicación:

---

4 las personas afectadas que eran curadas = the affected (sick) people were cured

—En los tiempos mayas, nuestro pueblo tenía otro nombre. El antiguo nombre era B'alam… la palabra maya para el jaguar. Los jaguares eran los protectores de las personas que vivían aquí y cultivaban la tierra. El pueblo respetaba tanto al jaguar que construyó un templo en su honor. Atzin encontró las ruinas del templo del jaguar o el Templo B'alam.

—¿En esa época[5] había chupacabras? —les preguntó otro hombre.

—Sí, existían, —le respondió Xóchitl —pero con tantos jaguares custodiando al pueblo[6], la gente nunca fue atacada. El problema ahora es que las personas de San Felipe,… o… B'alam ya no piensan en las creencias[7] y tradiciones de nuestros ancestros. Poco a poco durante los años, los jaguares abandonaban al templo porque el pueblo ya no los quería, ya no los respetaba como antes.

---

5   en esta época = in this time, in that time
6   con tantos jaguares custodiando al pueblo = with so many jaguars watching over the village
7   creencias = beliefs

–Ahh.... Y ahora sufrimos mucho por los ataques del chupacabras porque los jaguares ya no están aquí para cuidar a la gente. Es peligroso trabajar en el campo de cultivo. Si no podemos cultivar la comida que necesitamos, vamos a morir de hambre[8]. Es un problema fatal. –comentó otro señor.

–Yo tengo una idea. –exclamó Xóchitl– Construyamos una estatua[9] en forma del jaguar en el centro del pueblo, una estatua que significa el respeto que nuestra gente tiene para el jaguar. Somos muchos. Con la ayuda de todos, es posible construirla en poco tiempo..

–Buena idea... y nuestro pueblo ya no se llama San Felipe. ¡Vamos a volver a nuestro nombre maya, el nombre original... B'alam! –gritó un vecino, levantando su machete al cielo.

Todos los hombres gritaron de acuerdo y comenzaron a cantar[10]:

---

8   morir de hambre = die of hunger
9   construyamos una estatua = let's build a statue
10 gritaron de acuerdo y cantaron = shouted in agreement and chanted

–¡B'alam, B'alam, el hogar[11] de los jaguares!... ¡B'alam, B'alam, el hogar de los jaguares!

Hubo una gran conmoción[12] cuando el grupo llegó al pueblo. Todos los hombres corrieron a sus casas para contarles[13] a sus familias del plan.

Los padres de Xóchitl estaban fuera de la casa con caras furiosas cuando los tres hermanos llegaron. Pero antes de que su madre pudiera regañarlos[14] Atzin exclamó que había encontrado las semillas y les mostró[15] la jarra. Nadie podía creerlo.

Mexit corrió a su madre, empezó a llorar y contarle historias de chupacabras y jaguares en el bosque. Ella sonrió porque pensó que solamente era la imaginación de un niño de seis años.

–¿Tienes hambre, mi hijito? Ay... no te preocupes, no hay jaguares en la cocina.

---

11 el hogar = the home
12 hubo una gran conmoción = there was a lot of commotion
13 para contarles = to tell them
14 pudiera regañarlos = could scold them
15 les mostró = showed them

Su madre sonrió y llevó a Mexit a la casa para darle comida. Atzin le dio la jarra de semillas a su padre. Cuando la abrió, la cara del curandero se iluminó con alegría[16].

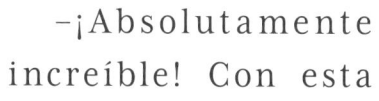

–¡Absolutamente increíble! Con esta cantidad[17] de semillas podemos preparar remedio suficiente para todos los enfermos de la región. –le dijo su padre.

–¡Y también podemos cultivar flores para el futuro! –interrumpió Atzin.

Más tarde Xóchitl caminó al centro del pueblo donde había mucha conmoción. Mucha gente ayudaba con la construcción de la estatua que ya tomaba forma de un felino hermoso. Todos hablaban de los eventos de la mañana. Les hacían

---
16 se iluminó con alegría = lit up with happiness
17 con esta cantidad = with this amount

preguntas a los hombres que vieron al jaguar que llegó al campo de cultivo con los jóvenes.

–¿Es verdad que el jaguar atacó al chupacabras para salvar al niño?

–Sí. Los jóvenes nos dijeron que al momento en cuando el chupacabras se acercó al niño, el felino grande apareció y agarró el animal horrible. –explicó un señor.

–Los jaguares eran los protectores de los pueblos mayas. Los chupacabras nunca atacaban a nuestros ancestros porque eran protegidos[18] por los jaguares. Los mayas los consideraban como dioses y construyeron templos para honrarlos[19].

–¡Muy pronto San Felipe B'alam va a tener un monumento impresionante para representar nuestra dedicación al jaguar! –exclamó otra persona.

–¡La gente de B'alam puede vivir sin preocuparse por los chupacabras y todos los enfermos van a tener el remedio! –gritó una señora.

---
18 protegidos = protected
19 honrarlos = honor them

De repente Xóchitl pensó en el maestro de inglés.

—¡Ay! El señor Brown está en el hospital, en la Ciudad de Guatemala! ¡Va a morir sin el remedio! —gritó Xóchitl y se fue corriendo para la casa.

El día siguiente Xóchitl y su padre fueron a la capital. Cuando llegaron al hospital el médico les dijo que la condición del maestro era muy grave. Les explicó que el americano tenía una enfermedad misteriosa y que no existía ninguna cura. Xóchitl y su padre escucharon al doctor sin mencionar el remedio natural que llevaban.

Cuando el médico se fue, Xóchitl y su padre entraron en el cuarto del maestro en silencio. El señor Brown estaba muy pálido y delgado. El curandero se concentró en la preparación del remedio, mientras Xóchitl hablaba con el maestro.

—Lo siento, Xóchitl. I will no longer be coming to San Felipe to teach English. My family has come to take me back to Ohio. The doctors tell me that there is no cure for this strange disease.

–Pero, sí... ¡Sí, hay! Mi padre es curandero, y...

Rapidamente, el curandero llegó a la cama y sin explicación se le dio el remedio al maestro. Muy pronto Shawn Brown se durmió.

Al salir del cuarto, vieron a un equipo de fotógrafos y camarógrafos de WLWT-Cincinnati. Estaban filmando a la reportera que decía:

–We are here in Guatemala City tonight, where the chupacabras fever has taken the life of its first victim. The American was working as an English teacher, volunteering his time in a small village when the violent attack happened. Scientists have been working around the clock to find a cure for the deadly disease, but time has run out for Shawn Brown...

–WHAT? He is not dead! –gritó Xóchitl.

–Agrhhh! –exclamó el camarógrafo– Who is this little girl? Get her out of here so we can wrap this up!

—Come on sweetie –dijo la reportera– We just want to get on the last flight out of here tonight. It's obvious he is going to die, we just want to finish this little film clip and race to the airport. I promise you we won't air this piece until it is confirmed that he has kicked the bucket. So, run along now.

En este momento la familia Brown apareció, acercándose al cuarto.

—What is going on here? –demandó el señor americano– I am Shawn's father.

—They are saying that he is dead! –gritó Xóchitl.

—Oh, no! —lloró la señora Brown —We just left to get something to eat. And... in that time he died?

La madre de Shawn no pudo contenerse, llorando con tristeza.

—My father and I were just in there visiting him. He is not dead! —explicó Xóchitl— In fact, my father's remedy is going to cure him.

Todas las personas se quedaron en silencio por un momento.

—You snuck into this hospital room and gave him a potion, little girl? Frank, get that camera rolling! This just gets better and better! —exclamó la reportera.

—I'm calling the authorities. —dijo el padre del maestro— Can anyone here speak Spanish? I wouldn't be able to talk to them even if I knew how to call the Guatemalan police!

Por todo el caos[20] llegó la voz de un joven:

—I'm going in to see my brother, dead or alive. Excuse me. —les dijo el muchacho.

---

20 por todo el caos = through all the chaos

Cuando la puerta abrió todas las personas se sorprendieron a ver al paciente mirando la televisión desde la cama en su cuarto.

–Oh! Thank goodness! You are alive! –gritó su madre y corrió a abrazar a Shawn.

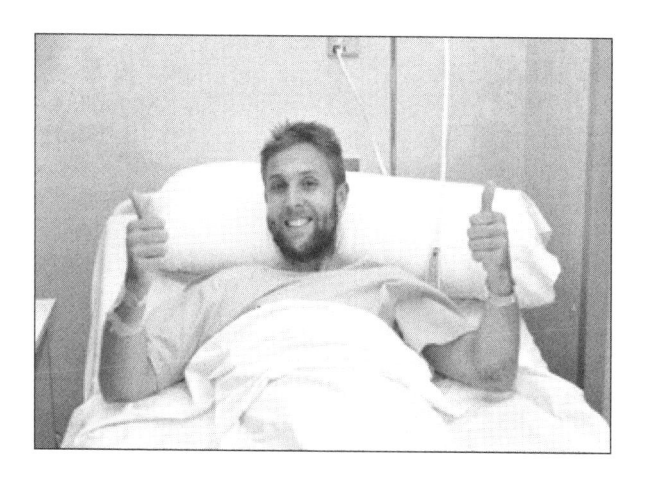

–Of course I'm alive. That medicine is amazing! I'm feeling a lot better now.

Dentro de unos minutos, el cuarto pequeño se llenó con médicos y científicos. Todos querían saber los ingredientes del remedio que usó el curandero. La reportera americana hizo una entrevista[21] con su padre, y Xóchitl tradujo[22] para él. El fotógrafo de WLWT-Cincinnati tomó fotos del curandero con el maestro. La reportera les dijo que quería filmar más entrevistas desde San Felipe con la gente del pueblo. Finalmente, los reporteros y doctores salieron del cuarto.

–Wow! This is nuts. You guys are famous! My name is Danny. I'm Shawn's younger brother.

–I'm Xóchitl and...well you know my famous father by now. –le dijo Xóchitl.

Ellos se rieron mucho.

–Why do you speak English so well? –le preguntó Danny.

–I spent some time in Minnesota, and I study, I guess.

–You should take over as the English teacher in your town. Even though Shawn is getting better now, he is going back with us to Ohio. –le dijo Danny.

---

21 hizo una entrevista = did an interview
22 tradujo = translated

–I guess I did not think of that. Do you really think my English is good enough to take over for him?

–Oh, yeah! It's great! Maybe you could visit us in Ohio sometime. I'm getting my driver's license soon. I could show you around.

Xóchitl y Danny hablaron por mucho tiempo.

A las cinco de la mañana, Xóchitl se despertó en una silla en la sala de espera[23]. Se encontró sola, su padre no estaba. Fue al cuarto del maestro y cuando abrió la puerta el señor Brown le sonrió. Ya no estaba enfermo. Había tres o cuatro médicos examinándole. No podían creer el milagro.

–Your father is down in the emergency room, Xóchitl. –le dijo Señor Brown cuando ella entró en su cuarto.

–¡Ay! ¡No! ¿Qué le pasó?

–Oh, he is fine! Sorry! The doctors came to find him in the middle of the night because of the big massacre.

–What do you mean?

---
23 sala de espera = waiting room

–Oh, you haven't heard? About midnight last night a bunch of chupacabras came running down the mountain, fell into the lake and drowned. I guess they can't swim. People in the area around San Felipe reported seeing hundreds of jaguars chasing the horrible creatures away from the village. Researchers have the bodies and are studying them in the emergency room lab. They asked your father to come down to help them identify the toxin that has made people sick.

Uno de los médicos le dijo:

–Nuestra compañía farmacéutica se le ofreció un trabajo a su padre. Regresamos a San Felipe hoy para otro discurso. Y después, su familia va a mudarse[24] al capital. Este trabajo va a cambiar

---

24 va a mudarse = going to move

todo para la familia. Ahora tú puedes matricularte en cualquier colegio[25] aquí en la Ciudad de...

–Oh! Hi, again! –le dijo Danny entrando en el cuarto– Thats pretty cool what happened in your village, huh?

–Uh, oh, yes right. –dijo Xóchitl un poco confundida.

–My dad says we are all going there for some kind of celebration today as soon as Shawn can go.

–I'm ready! Right, Doc? –le preguntó Shawn al médico.

–El señor Brown dice que está listo, él quiere ir. –tradujo Xóchitl.

–Ustedes pueden viajar al pueblo con nosotros en la limusina. –les dijo el médico.

Todos los equipos de reporteros, camarógrafos, y fotógrafos salieron del hospital. Xóchitl y su padre fueron en la limusina con unos de los científicos y doctores de la capital hasta la región del Lago de Atitlán. Cuando llegaron al pueblo, el letrero que identifica la comunidad ya se había cambiado a

---
25 matricularte en cualquier colegio = enroll in any school

leer "B'alam" en vez de San Felipe. Y encima del nuevo letrero había una estatua enorme de un jaguar hermoso y poderoso.

Las familias del pueblo habían organizado una celebración para recibir a los héroes. Primero los niños del pueblo hicieron una danza de bienvenidos. Mexit, Teotl y Izel participaron en la danza con mucho entusiasmo.

Un científico comenzó el discurso:

–Estimados damas y caballeros, hoy tengo el placer de volver a San Felipe con un grupo de personas notables. Me refiero a unos hermanos que han restaurado el equilibrio natural a la montaña. La comunidad científica nunca va a comprender, pero… ¡Un aplauso para Atzin y su hermana!

Todas las personas aplaudieron mucho. El científico le dio el micrófono a Atzin. Inmediatamente su cara se puso roja. Atzin no quiso hablar. Después de unos momentos de silencio, Xóchitl agarró el micrófono y dijo:

—Les agradecemos[26] a todos ustedes, el pueblo de B'alam, por ayudar y participar en volver a las creencias de nuestros antepasados.

El grupo explotó con gritos, aplaudiendo y cantando juntos:

---

26 agradecemos = we appreciate

–¡B'alam, B'alam, el hogar del jaguar!

El científico habló otra vez:

–Otro héroe que celebramos hoy, es el famoso curandero... el padre de los hermanos increíbles. Es obvio que él es un científico con mucha experiencia... y después de salvar vidas por tantos años en esta región, nosotros estamos felices de tenerlo en nuestro equipo en la capital. Él va a tener el uso de nuestro laboratorio donde puede inventar nuevos medicamentos farmacéuticos. ¡Este hombre va a ser un científico muy famoso!

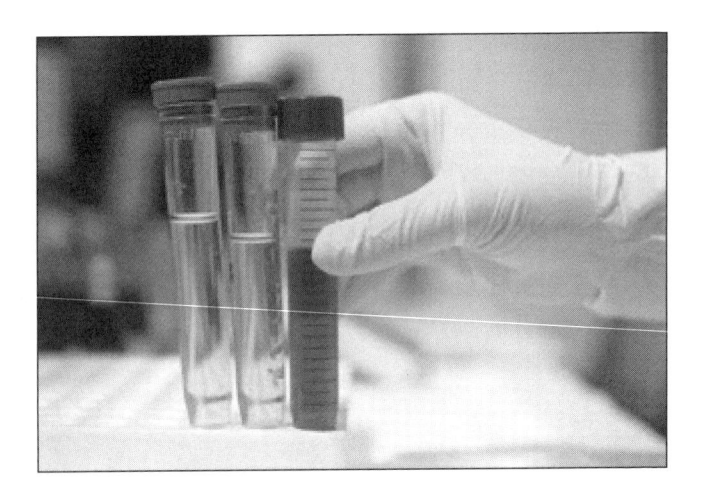

Toda la gente del pueblo se quedó en silencio. Nadie aplaudía. Calmadamente, el curandero tomó el micrófono y habló de una manera respetuosa:

–Estimados doctores y científicos. Ustedes me han ofrecido[27] un sueño. Es el sueño de muchos hombres tener un puesto importante[28], vivir en la ciudad, y ganar mucho dinero. Pero, no es mi sueño. No puedo aceptar el puesto porque no voy a dejar a mi pueblo, ni mis responsabilidades como curandero, ni las creencias de los ancestros mayas.

Después del discurso hubo mucho aplauso y felicitaciones. La familia Brown se preparó a salir. Mientras el maestro se despedía[29] de sus alumnos, Danny le dio un beso a la mejilla de Xóchitl y le dijo:

–This place is pretty cool. You will be a great English teacher. And maybe I can join one of those bottle-school groups you were talking about. You never know...maybe I will show up here again someday!

---

27 me han ofrecido = have offered me
28 un puesto importante = an important position
29 se despedía = was saying goodbye

glosario

A

a pie	on foot
a veces	sometimes
abraza	hugs
abrazarse	to hug each other
abrigo	coat
abrió	opened
acerca de	about
acercaba	approached
acompaña	accompanies
acompañaba	was accompaning/ used to accompany
acostumbrada	accustomed
acostumbró	got accustomed
aeropuerto	airport
afuera	outside
agarra	grabs
agarró	grabbed
agricultor	farmer
aguacates	avocados
aire libre	open air, fresh air
alegre	happy
alegría	happiness
algo	something
alguien	someone
algún día	some day
algunos	some
allí	over there
alrededor	around
alumno	student
ancestros	ancestors
ancianos	old people
antes	before
antiguo	old, ancient
apareció	appeared
aprender	to learn
aprendí	I learned
aprendía	was learning
aquí	here
árboles	trees
arreglan	arrange, organize
arriba	upward direction
arroz	rice
artesanías	handmade goods
atacado	(was) attacked
atacó	attacked
atacarlas	to attack them
ataque	the attack
aterrorizada	terrorized
atrapada	trapped
aulas	classrooms
aún	even
aunque	even though
avión	airplane
ayudar	to help

B

baja	lower, go down, under
basura	garbage
besarse	to kiss each other
beso	kiss
bigotes	mustaches

bilingüe	bilingual	castillo	castle
boleto	ticket	cena	dinner
bolsas	bags	cerca de	near
bosque	forest	cerró	closed
botellas	bottles	chiles	peppers
brilla	shine	chupacabras	chupacabras
brillaba	was shining	cielo	sky
buscar	to look for	ciudad	city
buscando	looking for	claro	clear

C

caballeros	gentlemen	cocina	kitchen, cooks
cabras	goats	colegio	high school
cada	each, every	comenzó	began
caerse	to fall down	comerlas	eat them
caí	I fell	comían	they were eating
calcetines	socks	comida	food
calles	streets, roads	comienza	begins
calor	heat	comió	ate
cama	bed	como	like, as
cambian	change	cómo	how
camiseta	t-shirt	competencia	contest
caminaba	was walking/ used to walk	compró	bought
		comprende	understand
caminó	walked	con	with
campo de cultivo	farm field	construido por	constructed by
		confundida	confused
cansado	tired	conocer	to meet, know
capturado	captured	consolar	to console
capturar	to capture	constelaciones	constellations
cara	face	construir	to construct, build
carne	meat	contar	to count, to relate stories
carretera principal	main highway		
		contenerse	contain herself
casi	almost	corriendo	running
		corrió	ran
		corte	traditional skirt

corto	short length	dejar de	to stop doing something
cosas	things	dejó de jugar	stop playing
costumbre	custom	dentro de	inside of
creer	to believe	descalza	barefoot
creerlo	to believe it	describió	described
creían	they believed	descubrió	discovered, found
creo	I believe	desde	from, since
cruzar	to cross	despacio	slow
cuarto	room	detalles	details
cubierta	covered	detrás de	behind
cuesta	costs	día	day
cuidado	careful	dibujos	drawings
cuidar	to take care of	dibujados	drawn
cultivaba	was growing/ used to grow	dice	says, tells
cumplir	to complete	dijo	said, told
curaba	was curing/ used to cure	dime	tell me
		dio	gave
curanderismo	natural healing	dio la mano	shook hands
curandero	a healer, doctor	discurso	speech
curar	to cure	distancia	distance
curó	cured	distintas	distinctive, unique

D

damas	ladies	docenas	dozens
dan	they give	dominaba	dominated, ruled
darles	to give them	dormir	to sleep
de nuevo	again	dulces	sweets, candies
de repente	suddenly	durante	during

E

¿de verdad?	really?	edad	age
de vez en cuando	now and then	edificio	building
		emocionada	excited
decía	was saying	empezaron	they began
decir	to say, to tell	empezó	began
dejar	left behind	empieza	begins

encanta	loves
encontrar	to find
enero	January
enfermo	sick
entraron	they entered
entre	between
entrevista	interview
equipo	team
era	was
eran	were
éramos	we were
enseña	shows, teaches
enseñaba	was teaching/used to teach
enseñó	taught, showed
entendía	was not understanding
entendió	understood
entonces	so, then
entra	enters
entre	between, among
entrevista	interview
envases	container
equipo	team
eres	you are
escaparse	to escape
escenas	scenes
escuchaba	was listening
espacio	space
especie	species
esperaban	they were waiting for
espíritu	spirit
esplendor	spendor
estaba	was
estos	these
estrellas	stars
estufa	stove
exclamó	exclaimed
explicaba	was explaining
explicó	explained
extranjero	foreign

F

fácil	easy
fascinó	was facinated
felicitó	congratulated
felino	feline
fiebre	fever
flor	flower
forma	shape, form
frenéticamente	frantically
fresco	fresh
fría	cold
frijoles	beans
frustrada	frustrated
fue	was, went
fuego	fire
fuera de	outside
fuerte	strong, loud
funcionarios	government officials

G

gallinas	hens
ganar	to win, to earn
gente	people
gobierno	government
graduarse	to graduate
grave	serious
gritó	yelled

gritando	yelling	hoja	leaf, sheet
guisados	stews	hombre	man
gusta	likes	hombro	shoulder

H

ha estado	has been	hondureño	Honduran
había	there was, there were	hora	hour, time
		huele	smells
había dicho	had said	huevos	eggs
había entrado	had entered	huipil	traditional woven blouse
había gritado	had yelled		
había hablado	had spoken		

I

había llegado	had arrived	iba	was going to
habían ocurrido	had occured	idioma	language
		iglesia	church
había preparado	had prepared	iluminar	to illuminate, light up
habían visto	had seen	indígena	indigenous
hablaba	was speaking, spoke	inmensa	immense
		intercambio	exchange
hablando	speaking	interrumpe	interrupts
habría sobrevivido	would have survived	invierno	winter
		invitados	invited, welcomed

J

hace	makes, does	jarra	jar
hacia	toward	jaula	cage
hacía	was doing/ used to do	jóvenes	young people
		juega	plays
hambre	hunger	jugaba	was playing
han sido	have been	jugando	playing
han usado	have used	jugo	juice
hasta	until	juntos	together

L

hay	there is, there are	lago	lake
héroe	hero	lancha	boat
hicieron	they made, did	lanzó	threw
hijos	children	largo	long, length
hizo	he/she made or did		

lava	wash	manera	way, manner
lecciones	lessons	mantequilla	butter
leche	milk	más	more
lee	reads	matar	to kill
leer	to read	materiales escolares	school supplies
lejos de	far from		
leña	firewood	mayor	older
llama	calls	mayoría	majority
llegaba	used to arrive	me caí	I fell
llegando	arriving	me encanta	I love
llegué	I arrived	medicinal	medicinal
llegaron	they arrived	mediodía	noon
llena	full, fills	mejilla	cheek
llevaba	was carrying/used to carry or wear	menores	younger
		mercado	market
llevamos	we wear, wore or carry	mesa	table
		meses	months
llévate	wear, put on	miedo	fear
llevó	carried or wore	mientras	while
libre	free, open air	miró	looked at, watched
limpia	cleans	mirando	looking at, watching
logró	achieved, reached		
llamado	called	mirándonos	watching us
lloró	cried	misma	same
luego	then	misterioso	mysterious
llueve	it rains	mochila	backpack
lluvia	rain	moda	style, fashion
lo siento	I'm sorry	montañas	mountains
logró	reached, acheived	montañosa	mountainous
lugar	place	motivar	motivate
luna	moon	muelle	dock
luz, luces	light, electricity	muero	I died
M		muertas	dead
maestro	teacher	mujeres	women
mancha	spots	multitud	multitude, lots

mundo	world

N

nada	nothing
nadie	no one
naranjas	oranges
ni	nor
nieva	it snows
nieve	snow
ningún	none, no
ninguna manera	no way
ningunos	no, none
noche	night
nos da	gives us
noticias	news
nuestro	our
nuevo	new
nunca	never

O

ofrece	offers
ojos	eyes
olvidar	to forget
ollas	pots
onzas	ounces
orilla	bank, shore
otra	other, another

P

páginas	pages
país	country, nation
palabras	words
pan	bread
papel importante	important role
para	for, in order to
parece	seems
parecían	seemed
parte superior	top part
pasar	to pass, spend time
pasé	I spent
pasillo	hallway
pasó	spent, passed
peligro	danger
peligroso	dangerous
pensaba	was thinking
pensó	thought
pertenecen	belong to
pidió	asked for, requested
pidieron	they asked for
piensa	thinks
piñas	pineapples
platos	dishes
población	population
pobre	poor
poder	power, to be able to
podía	could
podría ser	could be
ponen huevos	lay eggs
poner	to put
por acá	around here
por lo menos	at least
porque	because
pozo	well, water hole
premio	prize
preocupado	worried
preparándose	preparing, getting ready
presentarse	introduce oneself
prestan atención	pay attention

primero	first	rieron	they laughed
primavera	spring time	rió	laughed
profundo	deep	roca	rock
propia	own	rodean	surrounded
protegerse	to protect yourself	ropa	clothes
próxima	next	rubia	blond
pudo	could	ruedas	wheels
pueblo	village	rústica	rustic
puedo	I can		
pupitres	student desks		

Q

qué te pasa	what's up with you
quería	wanted
quetzales	currency of Guatemala
quiere	wants
(no) quiso	refused, didn't want
quitar	to remove

R

raro	wierd, strange
recibir	to receive
reciclar	recycle
recoge	collect, gather
recompensa	reward
recuerdas	you remember
recuperando	recuperating
regresa	returns
regresó	returned
remedio	remedy
reproduciéndose	reproducing
revelar	to reveal
revistas	magazines
riéndose	laughing

S

sabe	knows
saben hablar	know how to speak
sabía	knew
sacó	took out, removed
sagrada	sacred
sale	leaves
salir	to leave
salió	left
salieron	they left
salud	health
saludar	to greet
salvajes	wild
salvó	saved
sandía	watermelon
sé	I know
se abrazan	hug each other
se acercaron	they approached
se acostó	layed down, went to bed
se acostumbró	got used to
se contaron	they told (stories)
se convirtió	turned into
se da cuenta	realized
se desapareció	disappeared
se despedía	said goodbye
se despertó	woke up

se durmió	fell asleep	**servirles**	to serve them
se encuentra	are found	**si**	if
se enfermó	got sick	**siempre**	always
se enfrentan	they face	**siglos**	centuries
se enojó	got mad	**siguió**	kept, continued
se fueron	they went away	**silla**	chair
se los dio	gave them to her	**simboliza**	simbolize
se llenó	filled up	**sin**	without
se movía	was moving	**sino**	but instead
se murieron	they died	**síntomas**	symptoms
se pone	becomes, puts on	**sobre**	about, over
se preocupa	worry	**sobresaltó**	jumped, startled
se puso	became, put on	**sol nocturno**	nocturnal sun
se quedó	remained, stayed	**solamente**	only
se quitaron	they took off	**solo**	alone
se recuperó	recovered, got better	**somos**	we are
se rieron	they laughed	**sonido**	sound
se sienta	sits down	**sonrió**	smiled
se siente	feels	**sonrisa**	a smile
se sentaba	was sitting	**soñaba**	was dreaming
se sentía	felt, was feeling	**sopa**	soup
se sienta	sits down	**sorprendida**	surprised
se sorprendió	was surprised	**sube**	climbs, goes up
se veían	were seen	**subió**	climbed up, boarded
seguía	followed, was following	**subterráneo**	underground
		suelo	floor
seguridad	security, safety	**sueño**	dream
seguro	sure, secure, safe	**suerte**	luck
semana	week	**T**	
señala a	points, indicates	**también**	also
sendero	path, trail	**tampoco**	neither
sentada	seated	**tan**	so
servía	served, was serving	**tanto**	so much, as much as

tarea	homework	**venían**	came, were coming
té	tea	**ventanilla**	little window
techo	roof	**verdad**	truth
tenía	had	**verduras**	vegetables
tendrás	you will have	**verlas**	to see them
tiempo libre	free time	**vez, veces**	time (instances)
tierra	dirt, land, ground	**vi**	I saw
timbre	bell	**viaje**	trip
típicos	typical	**vieron**	they saw
toca la puerta	knock on door	**vio**	he/she saw
tocar	to touch, to play music	**viajar**	to travel
tocó	touched, knocked	**viaje**	trip
todavía	not yet	**vida**	life
todos/todas	all	**viejo**	old
tomar	to take, to drink	**viene**	comes
tomaron	they took, drank	**venían**	came, used to come
tostado	toasted	**viento**	wind
trabajo	work, job	**vistas**	views
traer	to bring	**volcanes**	volcanoes
triste	sad	**volver**	to turn, return
tristeza	sadness	**voz**	voice

U

última	last, final
única	only (one)
unos de otros	each other
útil	useful

V

vacas	cows
valiente	brave
ve	sees
vecinos	neighbors
ven acá	come here
ven conmigo	come with me
vendedores	sellers

Y

ya	already
yerba	herb, plant

Z

zapatos	shoes

Student drawings of chupacabras

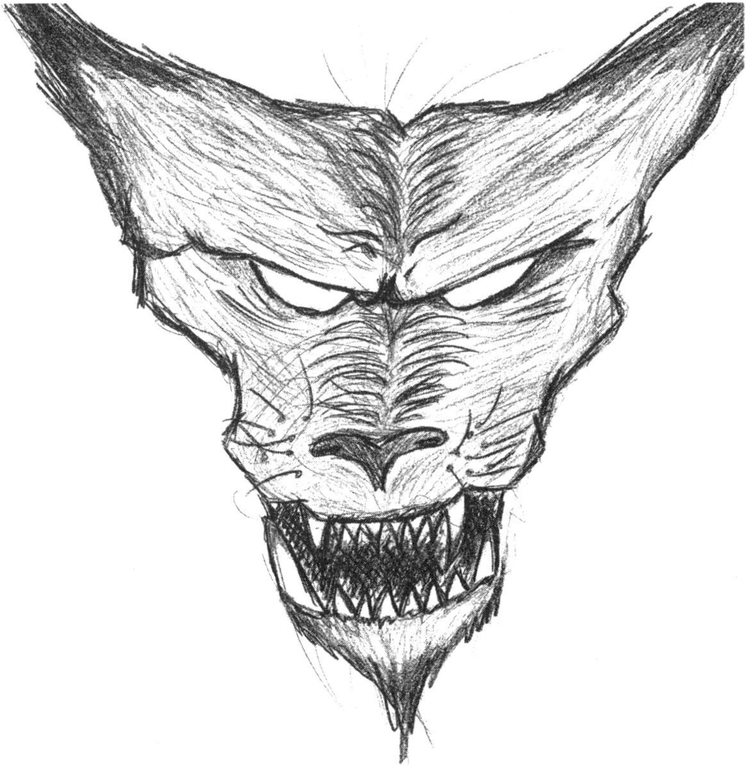

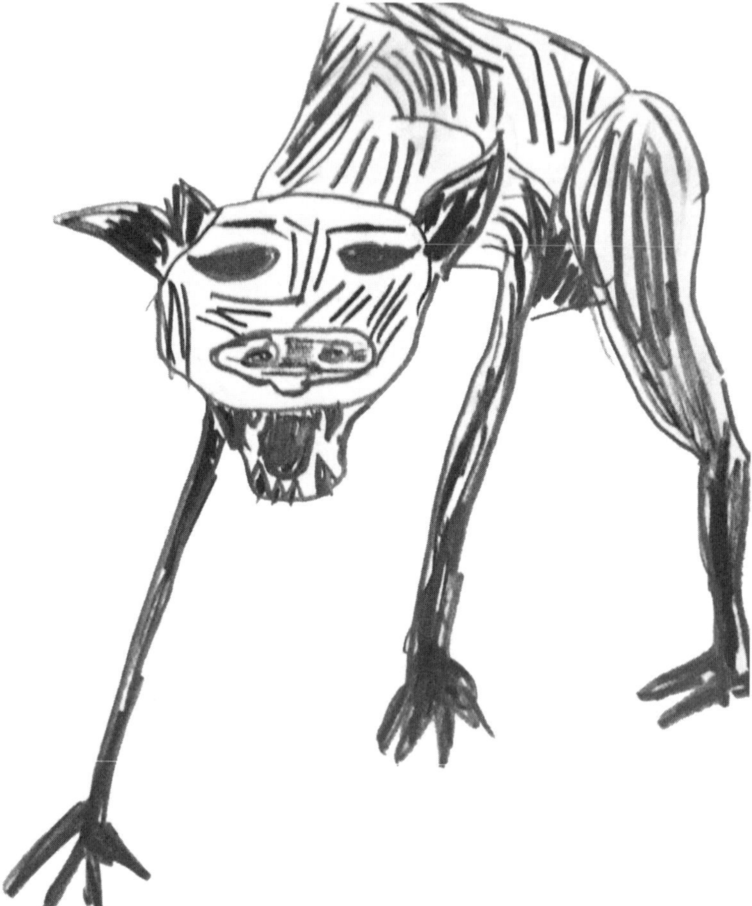

Other books by Virginia Hildebrandt

Las Lágrimas de Xóchitl is written mostly in the present tense and is designed for novice-mid readers or beginning language learners.
7500 words, 66 pages, 10 chapters

One Good Story

Las Lágrimas de Xóchitl is the first of two books, set in the rural indigenous mountains of Guatemala.

Xóchitl is a young teen girl who yearns to know the world outside of her village. As a new school is built nearby, Xóchitl gets the invitation of a lifetime, but reality may not allow her dream to come true.

When wild animals close in to stalk the remote village, no one in San Felipe is safe. After a vicious attack, Xóchitl's responsibilities become complicated when she must care for her injured brother while avoiding nosey neighbors. With her family and her dreams in jeopardy the rugged realities of Xóchitl's daily life give her the resiliency to face disappointment, the danger of what lurks in the dark and the secret of B'alam.

ISBN 978-0-9967742-3-9

ISBN 978-0-9967742-2-2
1goodstory.net

ISBN 978-0-9967742-4-6

Soy Lorenzo is written in natural past tenses and is designed for intermediate-mid readers, students with three or more semesters of language exposure or heritage Spanish learners.
6500 words/ 50 pages / 10 chapters

One **Good Story**

Soy Lorenzo is a magical coming-of-age story of a boy living on the Miskito Coast of Nicaragua. This culturally based story offers insight into the changing reality of indigenous youth through his adventures of self-awareness and quest for life purpose.

As the angry shrieks of his mother's voice jar Lorenzo awake, he becomes painfully aware of the beating that his body had endured the night before... an incident that he cannot remember. Tortured by the unknown, Lorenzo cannot rest until he figures out what happened. In his search for answers he finds himself entwined in the sacred legends of his ancestors, when a chance encounter with a mysterious stranger changes the path of his future.

ISBN 978-0-9967742-0-8
1goodstory.net

ISBN 978-0-9967742-5-3